途中の一歩 ㊤

雫井脩介

幻冬舎

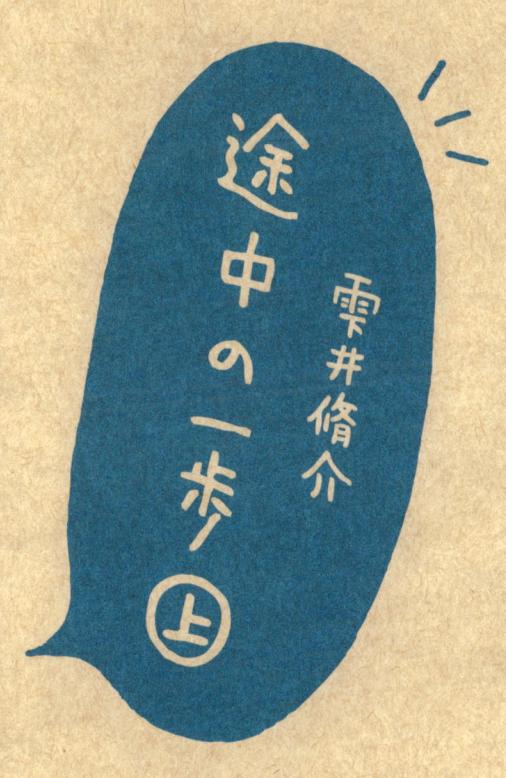

途中の一歩

（上）

表紙漫画　フカザワナオコ
装幀　bookwall

目次

1章　命中のえくぼ　5

2章　胸中の空っぽ　86

3章　途中の一歩　157

4章　熱中のるつぼ　219

1章　命中のえくぼ

1

「僕、覚本《かくもと》さんみたいな漫画家になりたいんですよねえ」

指先に付いたインクに気づいて、それをおしぼりで拭き取っていた覚本敬彦《たかひこ》は、隣の相馬慧《そうまさとし》が発した言葉に顔を上げた。

「なりたい？」

なりたかった、の間違いではないかと思った。

「ええ、今からでもなりたいんですよ」

覚本が相馬と顔を合わせるのは、今日で二回目だ。覚本の元担当編集者で、今は飲み友達として付き合っている玉石研司《たまいしけんじ》が、昔、就職活動中に知り合った彼と十年ぶりくらいに再会したということで、この前紹介された。

「本当は三十までにデビューしたいって思ってて、三十になっちゃったんですけど、実を言うと、まだあきらめてないんですよねえ。こつこつ描いてるんですよ」

相馬はつるりとした顔に、酔いの赤みと笑みを覗かせている。覚本は眼鏡を上げ、彼の右手を取ってしげしげと眺めた。ペンだこを探したが、どこにもなかった。

「僕もこの前、再会したときに初めて知ったんですけどねえ」向かいに座る玉石が、鼻筋の通った涼しげな顔に微苦笑を浮かべて言った。「僕が漫画編集者をやってるって言ったら、えらく食いついてきたんですよ。描いた漫画をぜひ見てくれって」

「で、見てもらったんですけど、なかなかいい線いってるらしいんです」相馬が得意げに言う。

「でも、本気で目指すんなら、プロのアシスタントを経験して勉強したほうが早いって言われて。僕、土日なら大丈夫なんですよ。だから、覚本さん……」

覚本は相馬をにらみつけ、顔を寄せた。

「相馬くん、会社どこだっけ？」

「電広堂ですけど」

十五年ほど前、人並みに就職活動していた覚本が、あっさりと一次面接で落とされた大手広告代理店である。この前、一緒に飲んだときは、「まあ、電広堂っていっても、マーケだし、地味な職場ですよ」と嫌味な謙遜《けんそん》をしていた。

「デビューしたら、仕事はどうすんだ？」

「そんときは、きっぱり辞めようかなって思ってますよ。何せ夢ですからね」

澄んだ目をして言う相馬に対し、覚本はビールジョッキの底をごんとテーブルに打ち下ろした。

「笑わせんなよ。君は漫画家になりたいんじゃなく、満ち足りた現実に飽きただけだろ」

「いやいや、僕はけっこう本気ですよ」

「漫画ってのはな、親のコネで代理店行くようなやつに務まる仕事じゃないんだよ」

「よく間違われるんですけど、僕、コネじゃないんですよね。慶応の経済出てますし」

「へっ！」覚本は顔をしかめた。

「僕、何か変なこと言ったかなぁ？」相馬は首をかしげながら玉石に訊いている。

「覚さんは漫画家の厳しさを知ってるから、こういう言い方するだけで、ある種の叱咤《しった》激励だよ」玉石が苦笑いでフォローする。

「激励の意味はない。ただの叱咤だ」覚本はぶっきらぼうに言って、ビールの残りを喉に流しこんだ。「てか、ダボはどうしたんだよ？」

「用事があるらしくて、ちょっと遅れてくるそうですよ」

「飲もうって言い出したやつが来ないんじゃ話にならんな。俺はもう帰って仕事するぞ」

「まあまあ、覚さんも、もう今日はお酒入っちゃったし、いいじゃないですか」玉石が手を振って制した。

覚本は小さく舌打ちしてから、店員にビールのお代わりを注文し、浮かせた腰を戻した。

「タマケンも昔なら、俺が帰って仕事するって言やあ、泣いて喜んでくれただろうによ」ぶつぶつと愚痴ってみる。

「ははは」玉石は乾いた笑い声を立てた。「それはね、やっぱり今は西崎の仕事で、僕としては覚さんと飲むことのほうが大事なわけですから」

覚本の新しい担当編集者である西崎綾子と玉石は同期だと聞いている。

「西崎さんはなかなか熱心だぞ。タマケンも負けるんじゃないか?」覚本は言ってやった。

「あれは女を捨ててますからね」玉石は肩をすくめる。「田崎先生を担当したときの西崎伝説聞いてから、あの女には勝てないって思いましたよ」

田崎五郎は今は亡き大御所漫画家で、数々のわがままや女性編集者に対するセクハラで業界内では有名だった。西崎綾子は新人にして老いて盛んな田崎に付き、最後の担当をつつがなく務め上げたことで、業界にその名を知らしめていた。

「俺もあれ聞いてて、どんな女かって思ってたけど、意外と普通な感じだな」

「見かけはそうでも、根性が普通じゃないんですよ。じゃないと、いくら巨匠に言われたからって、あんなことできませんからね」

「まあ、そうだな」覚本はうなずいた。

「え、何をやったの？」

相馬が訝《いぶか》しげに訊いてきたが、玉石は首を振り、「いや、これは我が社の恥部だから」と口を濁した。

「まあ、でも、熱心は熱心だ」覚本は言った。

「覚さんの連載もちょっと空いてますからね。担当としても、新連載はそりゃ気合が入るってもんでしょ」

今春、玉石が勤める文格社から、新たな若者向けコミック誌「コミックエンデバー」が発刊されることになっている。玉石や西崎綾子は、その新雑誌創刊準備室に異動し、創刊スタッフの一人として動いている。若手の実験的な作品をどんどん世に送り出していこうという気概にあふれた雑誌を目指すらしいが、中堅どころを押さえておくという手堅さもおろそかにはできないようで、覚本も西崎綾子の担当のもと、その新雑誌で連載を始めることになっているのだ。

中途半端に終わった前回の連載からは半年以上空いていることもあり、覚本自身も新連載に関してはは担当の西崎綾子以上に気合が入っている。今日もキャラを固めるために何枚も何枚もラフを描いていて、この新宿の居酒屋には仕方なく来たというのが正直なところだった。帰って仕事をしたいというのは、単なるポーズばかりではない。

「タマケンのほうはどうなんだ？」覚本はつまみのポテトフライを口に入れて訊いた。

玉石が現在担当に付いている有働春人《うどうはるひと》は、デビュー前、覚本の仕事場にもアシスタントとして数日出入りしていたことがあった。その後、初連載がいきなりヒットして、今ではすっかり第一線の売れっ子となってしまった。今度の「エンデバー」でも、創刊号の巻頭カラーを飾る目玉作家だと目されている。

「あの男は、癖があって取っつきづらい人間だからな。タマケンも苦労してんじゃないか？」

「いやあ、それを言うなら、覚さんもたいがい癖がありますから、僕は免疫ができてますよ」

玉石が軽妙に言い返し、相馬がぷっと吹き出した。

「あいつと一緒にすんな」覚本は頬を引きつらせて言った。「あいつは俺んとこでアシやったとき、締め切り五時間前に仕事放棄して出てったんだぞ。俺は少なくとも、目の前の仕事から逃げ出したことはないんだ」

九年ほど前、覚本が初めて「逆人プリズン」のネームを切り、主要人物にペン入れした週だった。締め切りが迫る中、緊急事態と見た編集部が、助っ人アシスタントとして新人賞を取ったばかりの有働を送りこんできた。自分のペンを必死に動かしながら、彼らアシスタントたちに慣れない指示を与えていく中で、覚本は有働に渡したコマの指定を間違えてしまった。前号参照と書いておいたから、有働がちゃんとチェックしていれば問題なかったのだが、彼は描かれたソファ全部にベタを塗りたくって持ってきた。

違う。布張りだよ。

革張りって書いてあるじゃないっすか。

書いてあっても布張りなんだよ。前のやつ見て直してくれ。

そんなやり取りのあと、有働は、「駄目だ、この人、全然仕切れてねえし」と捨て台詞を吐いて覚本の仕事場から出ていった。

生意気なやつめ……そう思った相手が、今では雑誌の看板だ。パーティーで顔を合わせれば、「おや、覚本先生、お元気でしたか？　この前始まったのがもう終わったんで、具合でも悪いのかと心配してましたよ」などと慇懃無礼《いんぎんぶれい》な口をたたいてくる。この世界、清々しいほどに、売れた者勝ちなのだ。お前こそ病気休載ばかりしてるのに元気そうだなと言い返したところで、巨大部数の壁に囲まれている相手の耳には届かない。

「まあ、有働さんもあの頃はまだ若かったですからね。今はさすがに落ち着いてますよ」

どうだか……覚本は玉石の言葉を受け流し、皿に残っていた焼き魚を箸でつついた。

「やっぱ、格好いいなあ」相馬がニヤニヤした顔で覚本を見ている。「『俺は、目の前の仕事から逃げ出したことはないんだ』なんて言葉が、さらっと出てくるんだもん」

何の冷やかしかと思ったが、本気で言っているらしい。

「まあ、覚さんの場合、事実そうだからね」玉石が言った。「そこは編集の人間、誰もが一目置いてるとこで」

「へえ」相馬は何か話の奥があるのを嗅ぎ取ったような目で玉石を見た。

「ん……もしかして、覚さんが覚本ユタカの二代目だってこと、知らない？」

「え、何それ？」相馬は目を丸くして覚本と玉石を交互に見た。

「もともと覚本ユタカっていうのは、覚さんのお兄さんで、覚さんはそのアシをやってたんだよ」

「えっ？」相馬が大きな声を出した。

「でも、お兄さんの裕樹《ゆうき》さんが九年近く前かな、バイク事故やってペンが持てなくなっちゃってさ、ちょうど、『逆プリ』が人気絶頂を迎えてて、どうするんだって話になったわけ。で、覚さんがやるしかない、やってくれってことになって、そこから二代目・覚本ユタカの時代が始まったんだよ」

「ええつ、そんなことがあったの？　てか、そんなことがありうるの？」相馬は興奮した面持ちで身を乗り出した。

「あったんだよねえ」玉石は記憶をたどるように、遠い目をした。「俺がちょうど編集部に配属された頃だよ。上の人間とかが善後策で大騒ぎしてたもん。裕樹さんは怪我の状況から見て、とても復帰できそうにないし、でも『逆プリ』はアニメの話なんかも進んでて、簡単には終わらせられないし……その窮地を覚さんが救ったわけだよ。俺がやるしかないってね。結局、そのときも休載は一週もしなかったんじゃないかな。ちなみに有働さんが助っ人に来て途中で帰ったのは、そんときの話らしくて、だから覚さんも、ちょっとね……」

玉石に問いかけの視線を向けられたが、覚本は軽く頬をゆがめただけで何も言わずにおいた。

「いやあ、すごい話ですねえ。全然知りませんでした」相馬は嘆息混じりに覚本を見た。「何巻くらいの話ですか？」

「十三巻かな」玉石が答える。「十四巻から俺の担当だし」

「いやあ、僕、何度も読んでますけど、絵柄とか変わってるなんて気づきませんでしたよ」

「キャラの絵は、裕樹さんと一緒に漫画描いて育ってるし、そこは覚さんの運がよかったところもあるんだろうけど、すごいのは、あそこから展開を盛り上げてって、二十七巻のクライマックスまで作品のパワーを落とさなかったってことだよね。所長の裏の顔が明かされて、善悪がサイドチェンジしていくとこなんか、俺、ネームを読んだとき、興奮して眠れなかったもんね」

「あそこからまた盛り上がるんだよねえ」相馬が目を輝かせてうなずく。「へえ、あれは最初から決まってた展開じゃなかったのか？」

「覚さんだからこそ生み出せた話なんだよ」

「俺一人であああしようと決めたわけじゃないぞ」覚本はそっけなく言った。「兄貴にもちゃんと相談したしな」

「まあ、そうなんでしょうけど、あのときの覚さんのどうだっていう表情が、僕は忘れられないんですよねえ」玉石はそう言って、くすりと思い出し笑いをした。「それまで見えてた作品の顔が、がらっと変わりましたからね。ああ、この人は、お兄さんから継いだ作品を自分のものにしたんだなって、僕も感慨深い気持ちになったんですよ」

「あれは兄貴の作品だよ」覚本は小さく首を振った。「自分のものにできたなんて思ったことは一度もない」

「逆人プリズン」は、後天性遺伝子異常により原始人化した人間「逆人」の発生が社会を混乱させるという、近未来サスペンスだ。逆人は筋肉の成長などが著しくなり、強い身体能力を持つ一方、善悪の判断力が落ち、狡猾な人間に騙されて統率されやすくなる。

ストーリーは、トーキョーポリスと逆人プリズンに勤める夏目兄弟が、自らも逆人化していく兆候を隠しながら、逆人を利用する犯罪組織の捜索や逆人の収容作業に従事する形で進み、中盤からは、プリズンを制圧して逆人を手中にすることで国家転覆を図ろうとする謎の組織の動きが加速していく。プリズン所長が謎の組織に属し、夏目兄弟がそれに気づいて阻止するという役回りだ。

裕樹のあとを継いだ自分が「逆人プリズン」を盛り上げることができたとすれば、それはあの作品に、自分をインスパイアさせるだけの魅力的な世界観があったからだと覚本は思う。それを作ったのは、まぎれもなく裕樹である。

事実、裕樹のアシスタントを務めていた頃は、原稿を目にしながら、このキャラをこう動かせばもっと面白くなるんじゃないかと、自分の頭の中で考えるのが癖になっていた。自然とそうしたくなるほど、兄の作り上げたキャラクターは魂が入って生き生きとしていたのだ。兄が復帰不可能となったことで、皮肉にもそれを実践に移す必要に迫られ、腹を決めてやったというだけのことだ。

「まあ……あれは覚本ユタカの作品ですよ。裕樹さんだけでも、覚さんだけでもなく」

覚本の複雑な感情を推し測るように、玉石はそんな言い方をした。

「また『逆プリ』みたいなやつ、ばーんと描いちゃえばいいじゃないですか」相馬が無邪気に言ってのけた。「僕もああいうの、また読みたいですよ」

「簡単に言うな」覚本は相馬をにらみつけて言った。

「逆人プリズン」はアニメ化され、また、完結したあとには実写映画も公開されたため、単行本の累計部数は一千万部を超えた。しかし、その後覚本が放った連載作品は、どれも五巻と続かず、売れ行きもぱっとしていない。「逆人プリズン」を超えたいと思って描いてはいるものの、そういう結果にはなっていなかった。

「まあ、似たジャンルでヒットを続けるのは、どんな作家でも難しいわけで、ああいうのって言われても困りますよね」玉石はそう言ってから、覚本を上目遣いに見た。「でも、今度は期待できるんじゃないですか？　覚さんにとっても、新雑誌での連載ってのは、いいきっかけになりそうな気がしますよ」

この数年、もがいてももがいても抜け出せない沼地のようなところにずっと足を取られている感覚があった。もがいているうちに、「逆人プリズン」の栄光など背後に遠ざかっていき、そもそもあれは兄貴の作品じゃないか、お前自身は何度自作を投稿してもデビューまでたどり着けず、兄貴のアシスタントがせいぜいの人間だったじゃないかという自分の内なる声に言い負かされそうになっていた。

そうじゃない。覚悟を決めてあの荒波をくぐり抜けたことで、自分も今では自立した一人の作家になっているのだ。その才能を買ってくれる編集者も現実にいるのだ……内なる声に対して、そうはっきり反論するためにも、沼地から大きく抜け出すような作品を描いてみせなくてはならない。

考えている間にも気負いが増してきて、やはりこんなところで取りとめもなく飲んでいる場合ではないなという気になってきた。

しかし、そんな思いに水を差すように、「あ、来ましたよ」という相馬の呑気な声が耳に届いた。

2

長谷部昇吾《はせべしょうご》は覚本敬彦の大学時代の同級生だが、玉石研司が彼と知り合ったのは、別の人脈からの紹介だった。ある出版社でビジネス書のコミック化企画があり、玉石と付き合いのある漫画家に作画の依頼があった。その企画でネームのたたき台となるシナリオを担当したのが長谷部だったのだ。

彼が何を生業としているかということを一言で説明するのは難しい。ゴーストライターもやればムックのプロデュースにも顔を出し、そういう漫画原作にも手を突っこんだりしている。最近ではライトノベルやゲームと連動した萌え系イベントの企画などにも興味を示しているらしい。自称〝天才〟だが、覚本のように仕事に身を尽くすタイプではなく、どちらかと言えば、才能より人脈で食べている様子である。

学生時代も、いろんなイベントに首を突っこんではかき回すのが得意だったようで、覚本からは、ダボハゼの〝ダボ〟と呼ばれている。玉石もそれにならって〝ダボさん〟と呼ぶようになったのだが、逆に玉石は長谷部に〝タマケン〟と呼ばれていたので、覚本からも同様の呼び方をされるようになった。

「遅いぞ。自分で声かけといてよ」

長谷部が玉石の隣にどかっと腰を下ろすなり、覚本が眼鏡の奥の目を細めて文句を飛ばした。長谷部はそれを無視して自分のビールを店員に頼み、おしぼりで顔を拭っている。それからようやく、意味ありげな目をして口を開いた。

「俺、結婚することにしたよ」

いきなりの発言に、玉石は飲んでいたビールでむせそうになった。

「おい」覚本が大きく舌打ちした。「遅れて来たんなら、まずはこの場の話題に馴染めってんだ。俺たちは今の今まで仕事について語ってたんだぞ」

「ちょ、ちょっと」玉石は覚本を制した。「それどころじゃないですよ。爆弾発言じゃないですか。聞きましょうよ」

「相手はどんな人なんですか？」相馬慧が訊く。

その問いかけに、長谷部はニヤリとして太い眉を動かした。「そりゃお前、相手はこれから探すんだよ」

玉石はしばらく長谷部を無言で見たあと、こんな話に乗ってしまった自分に呆れてうなだれた。

「そら見ろ」覚本は言う。「こいつがいきなり言うことに意味なんてないんだ。とりあえず、この場の空気を自分のものにしたいだけなんだよ。何を言ったら注目を浴びるか、ここに来るまでずっと考えてきてやがんだ。昔っからそうなんだ、こいつは」

さすが覚本のほうが、彼のことをよく知っている。

「違うぞ、覚本」長谷部は落ち着き払って言った。「俺はこの話をするために、お前らに声をかけたんだ。まあ、遅れたことは悪かったが、言いたいことは簡単だ。俺は当面の人生目標を結婚に置く。訊きたいことがあれば訊いてくれ」

「ないね」覚本はあっさりと言った。

「えっと……何か心境の変化でもあったんですか？」玉石が仕方なく相手をした。

「いい質問だ」長谷部は言い、やや神妙な面持ちになった。「実はな、俺の高校時代の友達が入院したんだ。昨日、見舞いに行ってきたんだけどな」

「病気ですか？」

「ん……ヘルニアらしいけど、そんなに重くはない。ただ、いちいち動きづらそうだったな。それを奥さんがかいがいしく介助してやってて、まあ、なかなか微笑ましい光景だったわけだ」

「ああ、そういうのを見ると、結婚もいいなぁって思っちゃいますよねえ」

玉石も新雑誌創刊に向けて仕事が重なる近頃、睡眠が不規則で妙に胃が重いことがあり、食生活のちょっとしたことでもケアしてくれる存在があればと思ったりもする。だから、その心境は理解できる。

しかし長谷部は、「まあ、そうだな」と淡白に応じただけだった。まだ話の続きがあるらしかった。

「それでな、奥さんが小さい子どもを保育所に預けてあるからって、帰ってったんだ。そしたら、それを待ってたように、今度は違う女が見舞いに現れたんだよ」

そう話す長谷部の表情が、にわかに生き生きとし始めた。

「どっからどう見ても浮気相手だよ。それで、どうにも釈然としないから問い詰めてやったんだけどな、三年前に結婚したそいつは、結婚してから、なぜか妙にモテるようになったって言うんだよ。ぱっと見、そいつの何が変わったってこともないんだがな、事実そういうことになってるわけだ。何せ、ヘルニアも本当は、その浮気相手と楽しみすぎて悪化したっていうんだからな！」

長谷部は興奮気味にまくし立て、あまり爽やかでない笑い声を発した。

「その浮気相手はこう言ったらしい。野良犬と首輪をした犬と、どっちを撫でたいかっていうと、それは首輪をした犬だよと……首輪をした犬は撫でられても尻尾を振って喜ぶだけだが、野良犬を撫でたら、飼ってもらえると思って家まで付いてきかねないっていうわけだ。もちろん、この撫でるっていうのは例のお楽しみのことで、首輪は結婚指輪の暗喩だってことは分かるな？」

「はあ」玉石はかろうじて生返事のような声を出した。

「いや、こう考える女は意外と少なくない気がするんだよ。だからな、今の俺に必要なのは、薬指の結婚指輪なんだ。それがあれば、今までの俺には反応してこなかった女たちとの関係も拓《ひら》けてこようってわけだ。どうだ？　何か新しい人生が見えてくる気がするだろ？　結婚も悪くない。そう思えてこないか？」

長谷部は話し終えると、運ばれてきたビールを一気に飲み干し、反応をうかがうような視線をみんなに向けてきた。

「くっだらねー」

覚本は吐き捨てるように言い、場の空気が馬鹿馬鹿しさに包まれた。

「週刊誌で三月《みつき》に一回は見るネタだな。そんな話に感化されて、浮気するために結婚するとか、馬鹿かお前は」

「そう言うな」長谷部は覚本の非難をニヤニヤとして受け流した。「ときには、自分の心の声に耳を傾けてみるのも悪くないぞ。俺もついこの前までは、結婚なんてどうでもいいもんだと思ってたんだ。いろいろ面倒くさいことが多そうだしな。生活も窮屈に決まってる。けどな、正直なところいい加減、独身生活にも飽きてきたんだよ。新しいものが向こうにありそうな匂いを嗅ぎつけたら、ちょっと覗いてみたいだろ。それでだ……同じ境遇のお前らも巻きこんで、少しばかり結婚に向けて本気で動いてみようって考えたわけだ」

「巻きこむな」

「覚本」長谷部は諭《さと》すように覚本を見た。「俺もお前も気づけばアラフォーだ。悪いことは言わんから、この流れに乗っとけ。前から言おうと思ってたけどな、お前は仕事に注いでる情熱のいくらかでも、プライベートに振り向けるべきなんだよ。だいたい、この前の『十二人の悩める俺』とかどうなんだよ。完全に煮つまって自家中毒起こしてるじゃねえか」

覚本は一瞬返事に詰まったのか、喉の奥でうなった。

覚本の前作「十二人の悩める俺」は、意欲作には違いなかったものの、十二人もの同じ顔が一部屋に集まるという設定が作画的にも無理を呼び、結果的には、覚本の作品の中でも群を抜くほど壮絶に破綻《はたん》した問題作として終わっていた。玉石は担当したわけではないので、毎回の連載を読者と同じように追うことしかできなかったのだが、誌面からも覚本の迷走ぶりが痛々しいほど伝わってきたものだった。

「あれはもともと、傑作になるか破綻するか、紙一重だと思いながら挑戦した作品だ。だから、ああなったところで俺自身は後悔してない」覚本は強がるように言った。

「お前はな、夢よもう一度といれこみすぎて、心の窓を閉め切っちまってることに気づいてないんだよ」長谷部は覚本を哀しげに見た。「心の空気を入れ替えろ。お前が漫画家として成功する一番の近道はそれだ」

「一日中、風に当たってるだけの人間よりはましだな」覚本はあくまで言い返してくる。「ダボこそ、そういう情熱のいくらかでも仕事に注げってんだ」

「まあまあ」玉石はとりなし、一呼吸置いてから覚本に顔を向けた。「でも、ダボさんの言うことにも、うなずける部分はあると思いますよ」

覚本の仕事に対する姿勢には感心するが、それがいくらか空回りしているのも確かだ。自分のような人間が言葉を選んで言っても聞き流されるだけだろうが、長谷部のような昔からの友人が無遠慮に言えば、意外と響く言葉になったりする。

「長谷部さんは適当に見えて、ときどき鋭いこと言うから、侮れませんよねえ」相馬が感心しているのか馬鹿にしているのかよく分からない言い方をした。

「君は、相変わらず、イラっとくるキャラだな」長谷部は眉をひそめて言い、今度は玉石を見た。「タマケンは別に、結婚したくないっていうタイプじゃないだろ?」

「そうですね。僕も相手さえいれば、そろそろって気はありますよ」

「ちょっといい男だからって、悠長に構えてると決まんないぞ、こういうことは」

変な言われ方をして、玉石は苦笑いを返した。「いや、そういう気でいるわけじゃないですけど……」

「とにかくだ」長谷部は意味深な笑みをたたえて声を張った。「いろいろ言ったけど、要約するなら、みんなで一回、合コンでもやろうぜってことだ」

「嫌だね」

嫌悪感を剝《む》き出しにした覚本の一言に、玉石は口から出かかった「いいですねえ」という言葉を呑みこんでしまった。

「お前は本当にノリが悪いなぁ」長谷部が顔をしかめた。

「よりによって合コンとは何だ。くだらない」

「お前、合コンを何と間違えてるんだよ？」長谷部が理解しがたいという顔をして訊く。

「王様ゲームとかそういう遊びをやる会だろ。俺はそういう乱痴気騒ぎが一番嫌いなんだ」

「覚さん」玉石は軽く笑って言った。「別にそういうゲームをする会って決まってるわけじゃないですよ。知らない男女が顔を合わせて楽しく飲めば成立ですから」

「覚本はもう、黙って参加してりゃいいんだよ。漫画家なんて珍しいから、それなりのネタにはなる。それで十分だ」

「最悪だ。考えるだけでうんざりする」

覚本はなおも気の乗らないことを口にしていたが、玉石もそこまでは構っていられなかった。

「でも、問題は相手ですよね。誰か当てがあるんですか？」

玉石の問いに、長谷部はあっさり首を振った。

「ない。てか、あったとしても、俺のつてじゃあ、俺自身のテンションが上がらん」

「身勝手なことを」玉石は苦笑した。「まあ、気持ちは分かりますけど」

「こういうのは案外、相馬くんの出番じゃないか?」長谷部は期待のこもったような目を相馬に向けた。「仮にも電広堂マンだろ」

「うーん、僕もあんまり、そういうのは参加したことがないんですよねえ」相馬は思案顔で言う。「でも、同僚で、それこそ週二くらいのペースでやってるやつがいますから、話はいろいろと聞きますよ」

「どんなのだ?」

「僕が聞いて印象に残ってるのは、〝丸の内銀河系軍団〟ていう、いかにもすごそうな異名を持ったグループのこととかですね」

「何だそれ? 女の子の話か?」長谷部がぽかんとした顔をして訊いた。

「ええ、丸の内ＯＬの合コンユニットですよ。それがですね、普通なら、例えば四人いたとしたら、せいぜいワントップかツートップ、一人か二人、エースがいればいいとこなんですけど、〝銀河系軍団〟はフォートップ、四人が四人とも超絶美女らしいんですよ」

「何だと?」

長谷部が鼻息を荒らげた。玉石も聞いている途中から、思わず立ち上がりそうになった。

「その同僚たちじゃ歯が立たなかったみたいですけど、愛想が悪いわけじゃないし、しばらくはほかの合コンに行っても〝銀河系軍団〟の余韻が強すぎて、全然身が入らなかったくらいだって」

「おいおい、合コン界はそんなことになってんのか？」

長谷部は嬉しそうに言い、玉石の二の腕に意味もなくパンチを見舞った。

「合コン界って何ですか？」玉石は頰を緩めたまま、腕をさすった。

「いくつくらいの子たちだ？」

「二十代後半じゃないですかね」

「いいじゃないか。決まりだな」長谷部は満面の笑みを浮かべて言い、それから覚本をちらりと見た。「おい、覚本。お前、いつの間にか前のめりになってるぞ」

「は？」

覚本が我に返ったような顔で身体を戻したので、玉石たちは遠慮なく笑った。

「別に覚本は一人で仕事しててもいいんだぞ。俺たちが行ってきて、どんな美女軍団だったか、ちゃんと報告してやるからな」

長谷部が意地悪そうに言うと、覚本は目を見開いて、口を尖らせた。

「何言ってんだ。向こうが四人いるのに、こっちが三人しか行かなかったら失礼だろ」

「おっと、仕事以外で感情的になる覚さんを久しぶりに見ましたよ」

玉石は愉快な気持ちになって、そんな冷やかしを飛ばした。何だか楽しみなことになってきた気がした。

3

ベッドが軽く揺れ、隣で寝ていた土屋正行がもぞもぞと動いたのが分かった。まどろみかけていた緑川優は、目を開けて、彼のほうに寝返りを打った。

「帰る？」

気だるいはずの身体に鞭を打つようにしてそわそわと動き出すのは、意識が家のほうに向き始めているからだろうと思って優は水を向けてみるのだが、土屋はいつも最初は鷹揚《おうよう》に受け流そうとする。二度、三度と水を向け、ようやく名残惜しそうに腰を上げるのが彼の流儀であり、それが精一杯のポーズだと優は分かっている。

「まだいい」

案の定、土屋は抑揚《よくよう》のない口調で言って、煙草を手にした。

「じゃあ、もう一回する？」

優がそう口にすると、上体を起こした土屋は動きを止めて優を見返した。

「冗談よ」

優は笑って土屋に背を向け、窓の向こうに光る高層ビル群の明かりをぼんやりと眺めた。

「いいぞ」

そんな声とともに、土屋が優の背中に身体を寄せてきた。汗の引いた彼の左手が優の胸のほうまで回りこんできて、乳房を包んだ。しかし、そんな感触も数十分前と違い、帰る場所を意識した人間のよそよそしさが伝わってくる気がした。

「冗談だってば」

優はそう言って、彼の手を自分の身体から引き剝《は》がした。

いたずらを楽しんだような土屋の低い笑い声と、ライターをつける音、それに続く、煙を吐き出す呼気の音を、優は背中で聞いた。

こんなとき、お互い何も話さなくなったのはいつからだろう。いつからか、彼は、帰り際の話題の定番でもあった、結婚を匂わせるような話をしなくなっていた。

優が二十二の歳で漫画家デビューしてから、もう十五年が経つ。最初はシニカルな味わいの家庭群像劇を描いて、「コミックフロンティア」に持ちこんだ。そのとき相手をしてくれた編集者が土屋だった。何回か描き直したが、いい反応はもらえなかった。しかし彼は、時折挿《はさ》みこんでいたギャグの部分に目をつけ、君がこういうテーマをものにするには、まだ人生経験が足らない気がする。それより、子どもを主人公にした全世代向けのギャグ漫画を描いてみたらどうかと言ってきた。絵柄的にも、そのほうが絶対合うと。そうして彼のアドバイスのもとに、優が試行錯誤して生み出したのが、今もまだ連載が続いている「おちゃのこさいさい」だ。

十三年前からはアニメも始まり、劇場映画も公開されるようになって、一気に国民的作品となった。単行本は累計六千万部を超え、主人公のチャコちゃんをはじめとするキャラクターのグッズもそこかしこの店頭に並んだ。

担当編集者は十五年の間に何人も代替わりした。土屋は連載の立ち上げが終わるとポストが上がったこともあって担当からは離れていったが、同時に優とは男女の仲として関係が続いていくことになった。

土屋はその頃、三十代の後半に差しかかっていて、妻子もいた。優はそれを承知の上で土屋と付き合った。将来的なことは何も考えていなかった。

うちのほうは何とかするよ。少し時間をくれ。

優と一緒になったら、何か俺が逆玉に乗ったみたいな形になっちまうかな。ははは、まあ、そう見られても仕方ないか。

高層ホテルの部屋に優を一人残す時間が近づくと、土屋はたびたびそんなふうに思わせぶりな言葉を向けてきた。もともとそんな期待はしていなかった優も、もしかしたらそんな将来が来るのかもしれないと思ってしまった。それくらいの真実味は、彼の口調にもあったのだ。

しかし、それから何年経っても、優と土屋の関係は何も変わらなかった。月に二、三回、食事をしてホテルで肌を合わせ、日付が変わる頃になると土屋一人、妻子の待つ自宅に帰っていく。

尋ねはしないが、家庭はごくごく円満に違いない。

善意に取れば、あれは土屋なりの精一杯のリップサービスだったのだ。彼は優のことをよく分かっている。その証拠に、優が彼の言葉を信じることに見切りをつけ、心の中で聞き流すようになってから、彼はそういう話をぱったりとしなくなった。優が喜ばなくなったことを敏感に感じ取ったのだろう。世の中の仕組みが分かった大人の枕もとに、サンタクロースはプレゼントを置いてはくれない。

おとぎ話が聞こえなくなり、気づけば三十七歳になっていた。三十七……よくよく意識すると、何だか取り返しのつかないような数字を抱えこんでしまった気持ちになってくる。

まだ若いという思いはある。けれど、いろいろ疲れているのも事実だ。漫画のことしか知らない女の子だった十五年前と何も変わっていないとはさすがに言えない。

このままこうやって、四十歳も超えていくのだろうか？

たぶん、そうだろう。

若手の編集者なら、腫れ物に触るような相手に自分はなってしまっているのだ。そういう現実がある中で、土屋という男には、自分は大きくも小さくも見られない。その心地よさはれど代えがたいものがある。

「もういいよ。私、寝るから」

優は静かに言い、土屋の帰宅を促した。彼と一緒にいてもあれこさに任せて眠りについたほうがいい。

「ん……」

土屋は小さく相槌を打って、ゆっくりと身支度を始めた。

「今度な、うちの連中を連れて、そっちに挨拶に行くことになる」

「え……？」

「仕事の話だ」土屋はシャツのボタンを留めながら話す。「『エンデバー』の創刊のことだよ。『フロンティア』の兄弟雑誌として派手にぶち上げようとしてるやつだ」

「コミックエンデバー」という漫画雑誌が創刊に向けて進んでいることは、優も知っている。しかし、土屋から以前耳にしていたのは、優が「おちゃのこさいさい」を連載している「フロンティア」の弟分的な雑誌として、若手主体の実験的な作品をどんどん掲載していく媒体になるだろうという話だった。

これまで弟雑誌と言っていた土屋が、兄弟雑誌と微妙にニュアンスを変えた言い回しをしたことに、優は引っかかった。

「その『エンデバー』の編集長になる江川と『フロンティア』の島谷な、彼らを連れて、ちょっと会いに行く」

「……何の話？」

創刊に合わせて、読み切りでも一本描いてくれという話かと思ったが、今はコミック編集局の局次長となっている土屋が、二誌の編集長を引き連れて公式に会いに来るというのだから、そういうことではないような気がした。

「いや、うん……」土屋はわずかに言い淀んでから続けた。「要はな、『おちゃのこ』を『エンデバー』に持っていきたいって話だ」

「えっ？」優は思わず声を上げた。

今まで連載していた「フロンティア」は、文格社の漫画雑誌の中でも、自他ともに認めるエース格として存在している。少年向け雑誌の「少年ジャスト」には部数などで敵わないが、青年・若者向けでは二十年以上にわたって、他の追随を許していない。

「おちゃのこさいさい」のヒットは、「フロンティア」の隆盛にも確実に貢献してきた。今は雑誌不況などと言われ、「フロンティア」もその例外ではないと聞くが、その中でも、現在の最長連載作品としてエース誌の屋台骨を支えている誇りが優にはあった。

「いや、これは俺が言い出したことなんだ」

土屋の言い方には、そう言ったほうが優を納得させやすいという思惑がこめられているようにも思えた。

「『エンデバー』はいくら若手を積極的に起用するといっても、営業的に採算度外視でいいってことじゃない。分かりやすい目玉も必要だ。反対に『フロンティア』は『フロンティア』で、いつまでもかつての栄光に寄りかかってたら、あっという間に腐っていく。いろんな意見はあるが、俺はもう、その一歩手前の危機にあると思ってる。今ここで大胆なモデルチェンジをしておかないと駄目だ。

雑誌ってのは、いくらその時代の先頭を走ってても、常に変化し続けないと、次の時代には生き残れないんだ。その中で『おちゃのこ』は、『フロンティア』も『エンデバー』も関係ない。『おちゃのこ』自体が一つの大きなブランドだ。古びない普遍性があって、舞台を選ばない強さがある。

だからな、優としては『フロンティア』に愛着もあるだろうし、複雑な思いも湧くだろうけど、俺はこれ以上ないくらい画期的でベストなアイデアだと思ってるんだよ。俺も立ち上げを指揮した人間として、『エンデバー』の成功には責任がある。優の力を貸してほしいんだ。もちろん優自身にも、いい影響があると信じてのことだしな」

聞いているうちに優は、尖った反発心が巧みに丸めこまれていくのを感じた。捉え方でどうにでも解釈できてしまう話だ。「おちゃのこさいさい」を軽んじているわけでもない。怒っていいものかどうかさえ分からなくなってしまった。

「そう……分かった。頭に入れとくわ」優は感情を消した声で、そう答えた。

土屋が部屋を出ていき、優は天井を見上げてため息をついた。大人の対応はしたものの、やはり、心のどこかで割り切れないものが残っていた。

だからといって、どんな返事があったのだろう。

もっと若ければ、駄々をこねて土屋を困らせようという気になったかもしれないが……。

そうはできなかった。

「ずるいな……」

そんな独り言が口をついて出た。

4

濃紺のワンピースドレスに同色のショールと、アップにアレンジした髪には花飾り。真珠のネックレスと黒のヒールは以前からの持ち物だが、ドレスなどは今回の予算五万円をフルに使って決めてきた。

去年出席した結婚式の二次会は、スーツで爽やかに決めたつもりだったが、「奈留美《なるみ》は就活の帰り？」と周りにからかわれてしまった。自分の感覚の五割増しくらい華やかに装わないと、こういう場では地味に沈んでしまうことを学んだ。

そうやって貯金から予算を取り、何日も前から気合を入れて臨んだ友人の結婚披露宴と二次会だったが、松尾奈留美はブーケも取れず、ビンゴも当たらず、大してお腹もふくれないまま、今ではいいところ、二次会レストランの壁の花という役どころに落ち着いてしまっていた。

仲のいい友達は披露宴で帰ってしまい、残った子たちとは、それほど話が弾む関係でもない。

輪には混ざっていても、話には加わっていない。そんなことも関係なく、周囲は賑やかに盛り上がっているから、ときどき自分は透明人間なのではないかと思えてくる。ずいぶん張りこんだ透明人間だ。

何より、新しい出会いの気配がまったくないのが、奈留美としては大きな失望だった。新郎新婦の祝福の場に自分本位の理屈を持ちこむのもよくない気はするが、昔から結婚式は最大の出会いの場と言うではないか。どうしても期待してしまっていたのだ。

みんな、そういう考えはないのかな……たわいもないお喋りを続けている参席者たちを見て、奈留美は思う。余裕がないのは、たぶん自分だけかもしれない。

何気なく周りの様子を眺めていた奈留美は、ふと、少し離れたところで皿に山盛りの料理を載せて舌鼓を打っている小太りの女性と視線がぶつかってしまった。透明人間のつもりが、ちゃんと見えてるわよと言われたように思え、妙な気まずさを抱えたまま視線を逸らした。

「奈留美ちゃん、飲み物は？」

フロアにできた談笑の輪を回っていた新婦の雪子が、奈留美に声をかけてきた。

「あ、うん……」

奈留美のグラスに入っていたワインは、もうほとんど残っていない。

「ワイン？　同じのでいい？」雪子に寄り添っていた新郎の大島が気を利かせるように言い、近くの友人らしき男を呼んだ。「高田、彼女にワインのお代わりを持ってきてくんない？」

高田と呼ばれた男は、「はいはい」と気軽に応じながら、バーカウンターに向かった。

「高田くんは彼の会社の後輩なの。けっこう気が遣える人だから、彼も可愛がってるみたい」雪子が言う。

ん？　これって、引き合わせてくれたってことなのだろうか？　さすが新郎新婦は、幸せのおすそ分けをしようという余裕があるようだ。奈留美はにわかに心臓が高鳴ってきた。

「大丈夫？　疲れてない？」

「雪ちゃんこそ」

「私は大丈夫。帰ったら、一気に気が抜けてダウンしちゃうかもしれないけど」

雪子がおどけたような笑みを浮かべて言い、奈留美は笑った。

「楽しんでって」

「うん」

またほかの輪のほうに移っていく雪子の背中を見送っていると、高田がワインの入ったグラスを持って、奈留美の前までやってきた。

「ありがとうございます」

「いえいえ。大島さんのご命令とあらば、何をおいてもぱっと動きますよ」

高田は身軽そうな振りを付けながら、冗談めかして言った。年格好は二十九歳の奈留美と同じくらいに見えた。新郎は出版社員らしいから、彼もそうだということだ。流行を追ったような髪型などに多少浮ついたものを感じるが、人柄は悪くなさそうだった。

「大島さんに可愛がられてるって聞きましたよ」

「使い走りですよ」高田は苦笑する。「まったく、人使いが荒くて困っちゃいます」

「会社でも大島さんに……」

「おい、高田」奈留美の話を断ち切るように、大島の声が飛んできた。「こっちにもビール二つ、持ってきてくれない？」

奈留美が呆然としている間にも、高田は軽快に返事をし、「あ、じゃあ」とあっさりした言葉を残してバーカウンターに行ってしまった。

引き合わせてくれたと思ったのに、本当に使い走りだったのか……高田はビールを運んだ輪の中に入ったまま、こっちに戻ってくる様子はない。

まあ、ちょっと軽く見えるところとか、そんなにタイプでもなかったし……奈留美はそんなふうに考えて自分をなぐさめた。あれでも、今日一番長く男の人と喋ったことになる。そう思うと、我ながら情けない気分になった。

いい話だって、おばさんも勧めてくるんだけど、どうかな……？

今年の正月、名古屋の実家に帰った奈留美の前に、母が男の人の写真と釣書《つりがき》とやらを差し出してきた。親戚のおばさんから回ってきたものらしい。

実家の名古屋あたりは、特に奈留美のように中学高校と私学を出たような環境だと、今でも見合いで結婚を決めるケースが少なくない。晴れ着姿で撮った写真が、親戚縁戚、その友人知人、人から人へと回されていく。奈留美の同級生でも、学生時代に思い切り遊んで青春を満喫していたような子ほど、あっさり見合いをして、早々と家庭に収まっていたりしている。

奈留美も学生時代に写真館で一枚撮ったが、あくまで記念写真としてだった。実家のたんすを開ければ、アルバムと一緒に置いてあるだけのものだ。

もともと奈留美の両親は二人とも、結婚に関してうるさく言ってくるほうではなかった。本当は世話を焼きたいのかもしれないが、大学の卒業を機に、家を出て東京で一人暮らししてみたいと奈留美が言い出したときから、あまりあれこれ構うのはよくないのだと気づいたようだった。両親ともに歳を取ってからできた子どもだったこともあり、奈留美は何かと過保護にされて育ってきた。奈留美自身、その自覚があっての親離れ宣言だった。

しかし、勇んで上京した結果、華々しくOL生活を成功させているかというと、そこまで自慢できるものではないのが現状だった。小さなマーケティングリサーチの会社に入り、仕事はそれなりにこなしているが、いまだ与えられる任務はアシスタント的な役割のものでしかない。リサーチを計画したり、結果を分析したりするのは同僚男性の仕事で、奈留美はその準備を手伝ったり、報告書をパソコンで整えたりするのがもっぱらの役目だ。入社一年目から、あまり仕事内容は変わっていない。

プライベートでも、それほど輝かしい成果はなかった。一つや二つの恋はしたが、結婚を意識するほど育たないうちに、はかなくもしぼんで、消えていってしまった。どうやら自分は恋愛下手でもあるようだった。

母が見合いの話を切り出したのは、そんな奈留美の冴えない日々を感じ取ってのことかもしれなかった。県庁勤めでスポーツマンタイプの人らしい。いい話なのだろうなとは思う。しかし、奈留美はその写真と釣書をまともに見ることはできなかった。見てしまえば、後戻りできなくなるような気がした。

結局、自分の中には、誰に対するというわけではない意地のようなものがあるのだと分かった。わがままを言って上京して、自由に生活させてもらいながら、この東京で何一つ形として得たものがないまま、すごすごと帰っていくのはあまりにも寂しいのだ。

東京にいい人がいて幸せになれるなら、それでもいいのよ。

母は写真と釣書を前にして固まっていた奈留美に対し、気遣うように言ってくれた。

それくらいの言葉には応えてみせたいなと思う。

でも、現実はなかなか思うようにはいかない。今日のように……。

「大した男はいないわね」

不意に耳もとで内緒話をするように話しかけられ、奈留美はびっくりした。

横を見ると、先ほど目が合った小太りの女がいつの間にか立っていて、手にした皿のスパゲッティをずずっとすすりながら、奈留美にいたずらっぽい笑みを投げかけていた。

「さっきの男は駄目よ。女がいるみたいだから」

さっきの男……ワインを持ってきてくれた高田のことか。

「お知り合いなんですか？」奈留美は多少面食らいながらも、そう訊いてみた。

「ううん。携帯出してるとこ、横から見えちゃったの。ハート付きのメールにニヤニヤしてたわ」そう言って彼女は、下唇をむいておどけたような顔を作った。

何だろう、この人……見るからに人懐っこい雰囲気を漂わせているので厚かましいとまでは言いにくいが、何ともずんずんとした押し出しのよさを感じさせる。

何より、初対面なのに、いきなり男の話を振られたことに奈留美は驚いた。そんなに自分の顔が物欲しげに見られていたのかと思うと、恥ずかしくてたまらなかった。

「雪ちゃんのお友達ですか？」奈留美は訊いた。

「ううん、ヌエさんに誘われただけ。その肝心のヌエさんが来れなくなっちゃって、どうしようかと思ったけど、私一人でもいいかって来ちゃった」彼女はそう言って、舌を出した。

つまり、彼女自身は新郎新婦と関わり合いがないということか。よくそれで出席する気になったなと、奈留美は呆れる思いだった。

二次会からの参加の割には、奈留美と同じくらい、おしゃれなドレスで着飾っている。ただ、二の腕は奈留美の倍くらいの太さがあって、ドレスの袖口が食いこんでいるように見える。

「でも、がっかりね。ちょっとよさそうなのは結婚指輪してるし」

男目当てに参加したというのをこれだけあからさまに口にするのもすごいが、こんな話を向けられるのは、奈留美が彼女に同類と見なされているという証拠でもある。それを考えると複雑な心境で、どう言葉を返していいのか分からなかった。

「まあ、せっかくだし、三人くらいのメアドはゲットしたけどね」

「え？」

奈留美はまた驚いた。披露宴から出席している自分が初対面の男と話したのは、先ほどの高田が唯一と言ってもいいくらいなのに、この人は二次会の一時間くらいの間に、もうそんな成果を上げているのだ。

「五万かけて、めかしこんできたんだから、それくらいは動かないとね」

投資金額が自分と同じだったので、奈留美は思わず笑ってしまった。彼女もそんな奈留美を見て、にっと口もとに笑みを浮かべた。

「『手ぶらで帰るな。足跡残せ』よ」彼女は変な標語みたいな言葉をそらんじた。

「はあ……」

「ヌエさんの言葉」

「ヌエさん……？」再びその名前が出てきて、奈留美は眉をひそめた。新郎新婦どちらの友人にしろ、そんな名前の人に面識はない。

「ヌエさん、知らない？」

「知りません」

「サイトやってるから検索してみて」彼女は言った。「別に怪しいのじゃないわよ。私やあなたみたいな人間にぴったり。『メアドは幸福の種』ってね、これもヌエさんの言葉。全部に実はならないけど、せっせと集めておけば、その中から必ず幸福の実がなるはずだっていうこと。半年前、私の携帯に男の人のメアドは一件も入ってなかったわ。でも今は三十二件入ってる」

「すごい」奈留美は素直に感心してしまった。

「目指せ百件よ」そう言って、彼女は気合を見せるように眉を動かしてみせた。「あなたを見たとき、半年前の私だって思ったの。だから思わず声かけちゃった」

「はあ……」

あまり嬉しくはない言い方だが、彼女が自分とは違う境地に達しているのは確かだという気がした。

「ヌエの恋愛塾、で検索してみて」

彼女は人差し指を立てて言った。

5

「コミックエンデバー」創刊まであと二カ月あまりに迫った二月の初め、編集局の別階にある会議室において、「エンデバー」編集部の進行報告会議が行われた。

新人若手作家担当を主体にした班の会議が終わったあと、引き続いて玉石ら中堅作家担当を主体にした班の会議が始まった。

「はい、西崎」

時計回りに報告の順番が回り、玉石の同期である西崎綾子が名前を呼ばれた。「はい」と返事をした彼女は、会議やデスクワークに臨むときはいつもそうしているように、セミロングの髪を後ろでまとめて、しかつめ顔を見せている。

「覚本さんですが、実は前回まで準備を進めていた作品をいったん白紙に戻しまして、新たに構想を練り直しています」

「また?」

玉石と編集長の江川透の声が重なった。

「大丈夫です」綾子がそれに対抗するように強気の声を張った。「主要キャラはある程度固まってきてますし、一話目のネームも一両日中には上がってきます。前回のはネームが上がったところで検討したんですが、先々考えると話が広がらないんじゃないかという点で、私も覚本さんも同じ意見になりました。それで新しく構想を練り直してもらったわけですけど、今回のは覚本さん的にも手応えがあるようなんで、これでいければと思ってます」

覚本の新作構想が白紙に戻ったのは、これで三回目だ。一度は編集長が要再検討の判断を下したが、二度目と今回は覚本自身が引っこめた形だ。それだけ、この連載に懸けているものが大きいということかもしれない。

「で、今度はどんな話？」

「わらしべ長者をモチーフにした話です」綾子が手帳を繰りながら説明する。「主人公が勝間勝《かつままさる》という取りえも人脈もなく、野心だけの男なんですが、ある日、謎のブローカーに出会うんです。そのブローカーはわらしべネットワークという謎のソーシャルネットワークを持つ、わらネット徳田と名乗る男で、誰かの欲しいものと誰かの欲しいものを交渉して交換させる仕事をしています。で、勝はこの徳田と付き合うことによって、わらしべ交換を繰り返し、どんどん成り上がっていくわけです。それも単なる物々交換の話じゃなくて、自分の恋人とか、恩人の命に関わる情報とか、そういうのを相手に要求されるような展開があったり、勝のほうも相手から何をもらえば自分の得になるかいろいろ探ったりっていう、そんなえぐさのある駆け引きも入れて、人間のエゴや欲望をリアルに浮かび上がらせるような作品にしたいと覚本さんも気合が入ってます。タイトルは今のところ、『わらしべ亡者伝』というのを考えてます」

「ふむ……」江川編集長がうなった。「覚本さんのはいつも、構想段階で聞く話は面白いんだよな」

ぶつぶつと洩らす彼の言葉に、編集部員の何人かが笑った。

「これはいい作品になりますよ」綾子が気張った声を出した。

「いや、うん、面白そうだよ」江川は少し気圧されるようにうなずいた。「まあ、主人公が十二人以上出てこなきゃいいよ」

覚本の前作に引っかけた軽口に、会議の輪からは笑い声が上がった。玉石も思わず苦笑した。

覚本の前作「十二人の悩める俺」は、何者かに殺されるという運命にあることを知った「俺」十二人が一部屋に集まり、何とか殺されないよう対策を練るという奇想漫画だった。

なぜ十二人もの「俺」がいるかというと、知り合いの博士の作ったタイムマシンで何回も半日前にループするからだ。博士は「俺」が殺されたことを知ると、自分のタイムマシンに乗って半日前の「俺」に告げる。「俺」は誰になぜ殺されたのかも分からないまま、とりあえず対策を練って時間の猶予《ゆうよ》を得るために、タイムマシンの搭乗を繰り返すのだ。

タイムマシンは不完全で半日しか戻れない上、非常に体力を消耗する。十二人目の「俺」はたび重なる搭乗に疲れ果て、ついには覚悟を決めて、話し合った対策をお守りにして外へ出ていくのだが、やがて彼が殺されたという連絡が入ってくる。やはり彼も駄目だったかと打ちひしがれながら、新しい「俺」十二人の議論がまた始まるという、好意的に言うなら、一人の人間の可能性と限界に迫ろうとした意欲作だった。玉石も話に聞いたときは、何だか面白い作品になりそうな気がしたものだった。

しかし、十二人もの同じ顔が密室に集まって侃々諤々《かんかんがくがく》、どうすれば死なずに済むか延々議論するという混乱必至な設定が早々と限界を招き、結果的には、話の途中を切って無理やり結末をくつつけたような終わり方しかできなかった。覚本本人が「傑作になるか破綻するか紙一重」と考えていた作品は、誰もが認める失敗作となって終わってしまった。

ただ、新雑誌の編集長を務める江川は、「コミックフロンティア」で覚本が兄から「逆人プリズン」を引き継いだとき、デスクの立場から善後策に奔走《ほんそう》し、覚本に窮地を救われて胸を撫で下ろした一人である。基本的には覚本のプロ根性を買っていて、だからこそ、新雑誌創刊に当たっては執筆メンバーに加え、やり手編集者の綾子を担当に据えたりしているわけだ。怪作に首をひねりながらも、何を繰り出してくるか分からない覚本のペンさばきにいまだ期待を寄せている人間は、編集部に少なくない。

「じゃあ、それで進めて。ネームがまとまったら、一回見せて」

「はい」

手帳に綾子の報告をメモし終えた江川は、「次」と玉石に視線を向けた。

「はい」玉石は一つ咳払いして、喋り始めた。「有働さんの『シザーキング』ですが、現在はキャラ設定と出だしの構想をまとめながら、取材のほうを精力的に進めてます。何人かの美容師へのインタビューやコンテストの見学などをこなしてまして、もう間もなくネームに取りかかれるという状況です」

玉石が担当する有働春人は、玉石より二つ下の二十九歳ながら、王道のヒーローサクセス物でメガヒットを飛ばす文格社のドル箱作家である。前作「ハンマー」では日本人の若者がヘビー級ボクサーとして世界タイトルに挑戦していく姿を描き、映画のヒットも相まって、累計部数は千二百万部に達した。ストーリーの堂々とした盛り上げ方もさることながら、ボクサーの筋肉の動き、汗の輝きなどを精緻《せいち》な筆遣いで丹念に描きこみ、漫画史に残る数々の名作ボクシング漫画に引けを取らない傑作を生み出した。

今回の「シザーキング」では、舞台を美容師業界に移し、流れの主人公が神業を駆使して名だたるセレブをエレガントなスタイルに仕上げ、カリスマ美容師を打ち負かしていくという話が練られている。作画的にも、女性の髪の一本一本の質感にまでこだわると、有働本人の理想は高い。

「平山丈志《たけし》のアポは取れたの？」

「いえ、そこがネックで……かなり忙しいらしくて、電話をしてもなかなか取り次いでもらえない状態なんです」

平山丈志はカリスマ美容師の一人で、有働がぜひ話を聞きたいと指名しているのだが、平山本人は変わり者という噂もある上、まったく漫画にも興味がないらしく、交渉は難航している。

「有働さんはちょっとしたことでへそ曲げるからな、早くネーム上げてもらえるように、何とかしろよ」

「分かりました」

「フロンティア」の人気アンケートでも常時トップスリーに名前を連ねていた売れっ子であるだ

けに、新雑誌の看板として有働にかかる期待は相当なものがある。新作の構想を聞いただけで次もヒット間違いなしと編集長らは踏んでいるし、玉石の責任も重大だ。

有働は作家として波に乗っているということもあるが、もともとが自信家の気質らしく、尊大さを隠そうともしない男だ。編集者など自分が食わせてやっているマネージャーのようなものだと思っている節もあり、玉石も彼のわがままに振り回されることがよくある。

しかし、その自信過剰さが有働のパワーの源になっているのも確かであり、その勢いは殺さずに、うまく手綱をさばけるかどうかが編集者としての腕の見せどころだと玉石は思っている。

もしうまくさばければ……漫画編集の世界は、ヒットを飛ばした者が肩で風を切って歩き、いいポストをより早く手にできるというような分かりやすさがある。もうすぐ入社十年目に入る玉石も、そろそろそんな欲を自分で意識しながら仕事をしてもいいような気がしている。


全員の報告が終わったところで、江川編集長が口を開いた。

「それから、ちょっとまだ内々のあれなんだけど、『フロンティア』の『おちゃのこ』がこっちに移ってくるってことで話が進んでる」

おぉと軽いどよめきがあった。緑川優の「おちゃのこさいさい」というビッグネームがかもし出す迫力に誘われたような反応だった。しかし、そのどよめきがそれほどには大きくなかったのは、さすがにブームが下火になった作品であるという認識がされている証でもある。十年前だったら、この程度の反応では済まなかっただろう。

「それで、これが本決まりになった場合、一応、人員を増やす方向で考えたいんだが、それもどうなるか分からないから、とりあえずのところ、誰かに担当を兼務してもらいたいんだ」

さすがに兼務する余裕はないな……そう思っていると、江川編集長と一瞬目が合ったので、玉石はそっと顔を伏せた。

有働の担当だけではない。雑誌の立ち上げにはいろんな雑務がくっついてくる。持ちこみを繰り返している漫画家志望者も何人か抱えているから、そちらのケアもしっかりしなければならない。

それに……先日長谷部たちと約束した合コンの話を思い出し、玉石は湧き上がってくる笑いを嚙み殺した。うん、忙しい。

「池田、いいか？」

江川の指名に、若手編集者の池田は「えー？」と、うろたえたような声を出した。

「僕、『おちゃのこ』はあんまり趣味じゃないんですけどねえ」

「お前の趣味とかはどうでもいい。大丈夫だ。緑川さんなんて、一番手がかからない作家だからな。締め切りは確実だし、ネームも見せてもらうだけだ。雑誌で評判のスイーツでも持ってけば機嫌は取れる。原稿取りと機嫌取り。仕事はそれだけだ」

「はい……分かりました」

池田が不承不承という感じで返事をすると、会議はようやく終わった。

「はあ……目が合ったから、指名されるんじゃないかと思って、どきっとした」

編集長らが部屋を出ていったあと、綾子がおどけるように言って、安堵の息をついた。

「何だよ……こういうときはいつも、率先して手を挙げんのによ」

玉石がからかい半分に言うと、綾子は横目でにらむように見てきた。

「だって、緑川さんて、若い編集者の意見なんて聞かないんでしょ。担当したってつまんないじゃない」

玉石や綾子が若手編集者に入るかどうかは微妙なところだが、「おちゃのこさいさい」がヒットした頃にまだ入社していなかったという意味では、そうなるのかもしれない。

漫画家は普通、執筆に入る前に、コマ割りや台詞、おおよその人物のアタリなどを描きこんだネームと呼ばれる下描きのもとを作って、編集者とこれで進めていいかどうか話し合うものだが、中にはネームを切らない、切っても見せない、あるいは見せても形だけで、意見を聞かずにさっさと執筆を進めてしまうという作家も存在する。

緑川優は「おちゃのこさいさい」のアニメ化などで多忙を極めた頃から、担当編集者にネームを見せて打ち合わせをする時間が取れなくなり、担当はたとえネームを見せてもらっても、その回の話を確認する意味しかないという状態になってしまった。それでも彼女に関してはそれでよしとされ、その形が今も続いていることになっている。

「でも、『おちゃのこ』が移籍してくるなんて、ちょっと驚きよね」綾子がペンを仕舞いながら言う。「『エンデバー』にも箔が付く感じはするかも」

「どうかな」玉石は首をひねった。「最近の『おちゃのこ』じゃあね。アンケートの順位も冴えないし、単行本の部数だって、今はブームの頃の二、三割がいいとこだろ」

「そりゃや、前と比べたらね」綾子は小さく笑う。「下火と言えば下火だし、でも、安定飛行と言えば安定飛行でしょ。ああいう漫画はいつ第二次ブームが来るか分かんないんだから、『エンデバー』とすればやっぱり儲け物よ」

「原稿料を考えたら、そうも言えないだろ。今は若手中心で始めるから何とかなるけど、そのうち重荷になると思うぞ。案外『フロンティア』はせいせいしてると思うけどな」

緑川優の原稿料、ページ当たり七万円は、大御所が抜けた近年の「フロンティア」の執筆陣の中では、飛び抜けて高くなってしまっていた。覚本で三万円そこそこ。有働も原稿料はようやく覚本クラスに追いついてきたあたりである。

「うーん、確かに稿料はね……ブームのときなら、それでも安いって言えたんだろうけど」

「局次長がどんどん上げちゃったんだよ。だから、今になって困ってるんだ。もしかしたら、移籍を機に下げるつもりかな?」

次期局長の呼び声も高いコミック編集局の大物、土屋正行が緑川優と長く愛人関係にあることは、局内はもとより業界内でも知らない者がいないくらいの有名な話である。優の新しい担当は、まず土屋のもとに挨拶に行って心構えを説かれるというのが局内の慣わしだ。作品のヒットと土屋の権勢が相まって、「おちゃのこさいさい」はアンタッチャブルな存在になっていた。

「稿料下げるって、相当な力業だよ。連載やめるって、へそ曲げられても文句言えないよ」綾子が眉をひそめて言う。

「いや、局次長ならやりかねないんじゃないか。あの人も『エンデバー』を成功させたいだろうしな」

何より、「エンデバー」立ち上げの旗振り役が土屋局次長本人であり、その成功と引き換えに、局長へと駆け上がるつもりだと周りからも見られている。

「最悪、『おちゃのこ』が終わってもいいっていう腹があるなら、できると思うよ」

「ええ？　『おちゃのこ』は、やっぱり終わってほしくないなぁ」綾子が口をすぼめて言う。「それに、そこまでこじれたら、あの二人の仲もさすがに終わっちゃうでしょ」

「そうだな……でもまあ、緑川さんもだいぶとうが立ってきたしな」

「緑川さんて、いくつ？」綾子は納得いかないような顔をした。「覚本さんと同じだから、まだ三十七でしょ。局次長のほうが立派なおっさんじゃない」

「あの人は五十すぎてもぎらぎらしてるし、男と女じゃ、歳の取り方が違うからな」

「何それ」

綾子の軽蔑するような視線を受け、玉石は思わず首をすくめた。

「ああ、何か緑川さんが可哀想になってきた。考えてると担当したくなってきちゃうから、もうやめよ」

そう言って彼女は、栗色の髪を束ねていたシュシュを外し、頭を振った。

ページ七万もらい、六千万部も売れている人間に当たる陽が多少陰ったところで、それほど可哀想に思うこともないだろう……そんなふうに思いながらも、玉石は話を変えた。

「最近、覚さんと会った？」

「昨日、会ったけど？」

「機嫌よくなかった？」

「そうね……新作の手応えが出てきたみたいで、いつになくテンションは高かったかな」

「いや、それだけじゃないんだな」玉石はほくそ笑むようにして言った。

「何……？」

「ちょっとね」

「何よ？」

「楽しい会が待ってるってこと」

思わせぶりに言って席を立とうとしたが、綾子にすごい力で服を引っ張られた。

「何？　もしかして合コンするの？」彼女は興奮気味に食いついてきた。「ちょっと……私は合コンにはうるさいわよ」

6

「は？　嫌だね」

覚本はネームの気に入らない構図を消しゴムで消しながら、電話の相手である玉石に応えた。

〈何でですか？〉

「何で担当編集者と合コンしなきゃいけないんだ。俺は仕事にそういう浮ついたものを持ちこみたくないんだよ」

〈いやいや、別に西崎を女として見てくださいってことじゃないですよ。あれはお邪魔虫として見てればいいですから。僕もそうしますし……とにかく、学生時代の友達を二人くらい連れてくるって言ってるから、そっちを楽しみにしましょうよ〉

「しかしだな……」

〈いきなり〝銀河系軍団〟を相手にするより、前哨戦があったほうがいいと思うんですよね。僕も実を言うと、合コンって、学生時代のゼミコンで、ゼミ生の友達が飛び入り参加してきたようなやつしか経験してないんですよね。西崎にも、そんなの合コンじゃないって笑われたくらいで〉

「何だよ、この前は偉そうなこと言ってたくせに」覚本はシャープペンの手を止めて言った。

「タマケンは本当、見かけ倒しだな」

覚本の言葉が胸に突き刺さったらしく、〈うっ〉という玉石のうめき声が受話器から洩れた。

〈とにかく〉玉石が気を取り直したように言う。〈進めちゃいますからね。ダボさんたちには僕から言っときますから〉

「俺は行けるかどうか分からんぞ」

〈西崎は余裕あるって言ってましたよ〉

そんな言葉で玉石からの電話は切れた。


連載第一回のネームをまとめた覚本は、当面のプロットを書いた紙と一緒にかばんに放りこんでマンションを出た。

漫画家は中央線沿線や西武線沿線に住んでいる者が多いが、覚本が仕事場と居を構えているのも、吉祥寺と西荻窪の間にある2LDKの賃貸マンションである。寝起きに一部屋使い、1LDK分を仕事場にしている。

漫画家が多いこのあたりに仕事場を持っているのは、アシスタントを集めやすいというのが第一の理由だが、兄・裕樹の代から吉祥寺に仕事場があり、環境に馴染んでしまった面も大きい。

裕樹は五年ほど前に、やはりこの近くに瀟洒《しょうしゃ》なマンションを買った。車椅子を使う身であり、マンションもバリアフリー設計だ。当時、同じマンションに空き部屋があり、義姉の公子《きみこ》から本気か冗談か購入を勧められたが、覚本にはそこまでの持ち合わせがなかった。「逆人プリズン」十四巻以降も、原稿料や印税の半分は裕樹に振り分けているし、アシスタント代などの経費も馬鹿にならない。

覚本は住宅街を歩き、その兄のマンションを訪ねた。公子は夕方の買い物に出ているらしく、一人息子で小学生の真志《まさし》が出迎えてくれた。ただ、覚本が訪れるのは特に珍しいことではないので、土産らしきものがないのを見て取ると、リビングのソファに寝転んで、それまで遊んでいたらしい携帯ゲーム機を手にした。

「よう」

裕樹の部屋を覗くと、彼はスウェット姿でベッドに横になったまま、壁掛けの大画面テレビで映画を観ていた。ＤＶＤのコレクションから、「スタンド・バイ・ミー」を流している。おそらく何度も観ているものだろうから、覚本は遠慮なしに話しかけた。

「新連載のネームができたんだ。ちょっと見てくれないか」

「この前、見ただろ」裕樹はテレビに目を向けたまま、気だるそうな声で言う。

「あれからまた話を変えた。別物だ」

そう言って、覚本はかばんから取り出したネームを裕樹の胸もとに置いた。

裕樹はそれを手に取り、ぱらぱらとめくってみせたが、ろくに目を通した様子もないうちに置いてしまった。

「いいんじゃないか」

前回、これとは違うネームを持ってきたときも、彼はろくに読もうとしなかった。以前はまめに覚本がネームを持っていくと、それに対してアイデアを出してきたり、アドバイスを送ってくれたりしていたのだが、一、二年ほど前から、裕樹はにわかに作品に対して意見を言わなくなってしまった。「十二人の悩める俺」については、「ややこしい話だな」と感想めいたコメントを発しただけだった。

「調子はどうだ？」覚本が訊く。

「まあまあだ」

寒い季節は特に、思うように動かない身体の節々がうずいて寝つきが悪いようだ……前に義姉の公子がそんなことを洩らしていた。このマンションに入って空調が整い、季節による不快感はそれほどでもなくなったようだが、あまり体調や気分の良し悪しを顔に出すタイプではないだけに、はたから見ていいか悪いかという判断はしにくい。

「散歩でもどうだ？」

「外は暖かいのか？」

「いや、寒い」

裕樹は苦笑していたものの、行く気になったらしく、ＤＶＤを止めて身体を起こした。

覚本が手伝って彼にダウンコートを着せ、マフラーも巻いてやって車椅子に乗せた。

「あら敬彦さん」

外に出たところで買い物帰りの公子にばったり会った。

「ご飯、用意しとくから」

彼女のほうは、いつ顔を合わせても朗らかだ。覚本は軽く返事をして裕樹の車椅子を押した。

「本当に寒いな」

外に出た裕樹はぽつりとそう言っただけで、あとは覚本に押されるまま、何も言わず、陽が傾いた住宅街を眺めていた。覚本は井の頭公園のほうに歩を進めた。

「なあ」覚本は歩きながら声をかけた。「何か俺の漫画に思うことがあったら言ってくれ」

「ないよ」

「どっか変な方向に行ってないか？　俺は自分で考えても分からん」

「お前がいいと思えばいいんだよ」

「呆れてるのか？」

「そんなこと言ってないだろ」裕樹はふっと笑う。

「だけど……」

「大丈夫だ」裕樹は覚本の言葉にかぶせるように言った。「お前の描きたいように描けばいいんだよ」

気分でそう言っているのか、それとも裕樹自身に何か思うところがあるのか、覚本にはよく分からなかった。いろいろ考えていると、裕樹が「なあ」と静かに呼びかけてきた。

「何だ？」

「うん」裕樹は言いにくそうに間を置いたあと続けた。「俺なあ、松山に帰ろうかって考えてるんだ」

「え？」

覚本は車椅子を押す手を止めたが、裕樹は前を向いたままだった。

「真志のやつがな……」裕樹は息子の名前を出し、少し吐息を混ぜた。「どうも学校に馴染んでないみたいなんだ。勉強が好きじゃないのか、えらく窮屈そうでな」

裕樹の息子の真志は、裕樹がバイク事故を起こした頃、公子のお腹の中にいた。事故の心労でお腹の子どもへの影響も心配され、三カ月ほどして無事に生まれたときは一族みんながほっとしたものだった。

「このへんの子どもたちは、私立中学を受ける子が多いから、あの年頃になると、みんな塾に行き出すんだ。うちも公子がその気になって四月くらいから行かせようって考えてたみたいだけどな、どうも駄目だ。

だいたい、俺にしろお前にしろ、子どもの頃は塾なんて行かずに、原っぱを駆け回ったり一緒に漫画を描いたりして遊んでばっかだったからな。それでいて自分の子どもには、机に縛りつけて勉強させようなんていうのは、理屈に合わないんだよ。だからな、真志は今からでも田舎で育てたほうがいいんじゃないかって考えてるんだ。公子もだんだんそういう気になってきてる。田舎に帰ればおふくろたちも喜ぶしな」

そんなことを考えていたとは知らず、覚本は返す言葉を探すのに手間取った。

「漫画はどうすんだ？」やっとのことでそう訊いた。

「どうすんだって、俺はもう何も描いちゃいない」裕樹は自嘲気味に言う。

「復帰するんじゃないのか？」覚本はそう訊き、付け加えた。「俺はそう思ってた」

バイク事故の後遺症で半身不随となった裕樹は、重傷を負った手にもしびれを残し、しばらくはペンなどとても持てない状態だった。

しかし、三、四年前、覚本は裕樹の部屋を訪れたとき、その机にGペンと製図用インクが出ているのを目にしたことがあった。隠れたところで裕樹は復帰を目指して描き始めているのだと気づいた。ようやくここまで戻ってきたかと嬉しくなり、遠くない日に必ず彼は復活するだろうと信じられた。

裕樹が復活するなら、自分の代役としての仕事は終わる。けれど、それが本来の姿であるし、昔とは違う立場で支えられると思えば、当然そうなるべきだという気持ちになれた。

「俺も、何もしなかったわけじゃない」裕樹は自分の手で車椅子を動かしながら言った。「何回もペンを握ったし、その気になって続けたりもした。でも駄目だ。昔より雑な線を描くのに、昔の三倍の時間がかかる。集中力も二時間ともたん」

「ゆっくりでも、多少粗くてもいいじゃないか。俺がいくらでもフォローしてやるよ」

裕樹は首を振る。「そういうのはもう、プロじゃない。遊びで描くにしても苦痛すぎる。潔く筆を折るのが正解だし、俺はそうすることにした」

「描けなくても、アドバイスだけでも、俺には重要なんだけどな」覚本は寂しい気持ちになって言った。

「お前の描きたいように描けばいいって言ってんだ。これからも俺は、それ以外のことは言わないぞ。俺から始めといて無責任に思うかもしれんけど、幸い、お前は漫画が好きだし、この仕事が合ってる。だから遠慮なく、あとのことはお前に託すことにするよ。金もこれからは、全部お前が取れ。俺はもう十分もらった。食うには困らん」

本当に一切の手を引くつもりなのだ……覚本はそう気づいて、何も言えなくなった。突き放されたようで、胸には心細さが生じた。

「こうなっちまうとな」裕樹はしんみりと言う。「今の俺に大事なのは、真志とか家族のことだ」

彼は初めて覚本のほうを軽く振り返り、「そういうことなんだ」と、さっぱりしたような笑みを見せた。

「暗くなってきたな。公園はまた暖かくなってから行こう」

裕樹はそう言い、自分で車椅子をUターンさせた。

7

週末、玉石が幹事となって、恵比寿の小路にあるイタリアンレストランに予約を取った。場所柄に合った小じゃれた雰囲気はありつつも、適度にカジュアルでくつろぎやすい店だった。約束の八時前には男性陣が先にそろった。

「先に飲み物を頼んじゃいましょう。西崎だから、気を遣うこともありませんし」

玉石が言って、それぞれがビールやスパークリングワインなどを注文した。玉石はグレープフルーツジュースを頼んだ。

「何だ、タマケン、飲まないのか？」

「いや、ちょっと昨日、だいぶ飲んじゃったんですよ」

「有働か？　キャバクラにでも付き合わされたか？」

覚本の推察が図星だったので、玉石は苦笑で答えた。

昨日の夕方、玉石は打ち合わせで有働のもとを訪ねた。相変わらずカリスマ美容師である平山のアポイントが取れない現状を報告すると、有働からは舌打ちとともに、「ちゃんと仕事してくれよ」という厳しい一言が返ってきた。

そのあと連載の体力をつけ、気分を盛り上げるという名目で、このところ打ち合わせ後の定番となってしまった焼肉とキャバクラに付き合い、何とか彼の機嫌は直したものの、玉石は体調にダメージを受けた。最初の頃は体調の良し悪しの因果が何か分からなかったが、最近では、有働と飲み歩いたあとに優れないことが多いと分かってきた。

「大丈夫です」玉石は少し意識して声を張った。「盛り下げないようには気をつけますから」

それぞれの飲み物が運ばれてきた頃に、西崎綾子が友達二人を伴って現れた。

「覚本さん、ちゃんと来てくれてますね」綾子は覚本の姿を認めると、にこりと笑った。「羽を伸ばすのも大事ですからね」

今日、社内で顔を合わせたとき、彼女は「覚本さん、今週かなりいれこんでるっぽいけど、今日ちゃんと来てくれるかな?」と心配していた。それだけに覚本の顔を見てほっとしたらしい。

「覚さんは、約束したことはちゃんと守る人だよ」

玉石が言うと、覚本は「仕事が詰まってるときはその限りじゃないけどな」と応えた。

「今日は大丈夫ですよ。担当の私が大丈夫だって言ってるんですから」

綾子はそう言ったあと、長谷部や相馬に軽い会釈を送り、コートを店に預かってもらうために、友達と一緒に席を離れた。

「おい、なかなかいい女じゃないか」長谷部が声を落として言った。「覚本はあんな子と一緒に仕事してんのかよ?」

「え?」「は?」玉石と覚本の声が重なった。

「は？　じゃねえよ。お前はいつも肝心なことを言わねえな」

「えっと、ダボさん、よく見たほうがいいですよ。肌とかけっこうボロボロですから」

玉石がそう言っているところに、綾子たちが戻ってきた。

「え、何？」

「いや、何でもない」

綾子の友達二人は取り立てて美人というわけではないが、こぎれいに装っていて、席の雰囲気は一気に華やいだ。

女性陣の飲み物と料理を頼み、飲み物が運ばれてきたところで乾杯した。

「紹介します。こちらが美加子でこちらが芳恵。美加子が銀行勤めで、芳恵は役所関係の仕事をしてます。二人とも、大学時代の私の同級生です」

綾子は自己紹介も簡単に済ませて、玉石を見た。

「じゃあ玉石くん、そちらのメンバーを紹介してよ」

「ああ」玉石は喉を鳴らして、手を振った。「こちらが覚本さん。漫画家さんで、僕も担当した『逆人プリズン』なんかのヒット作で知られてる方です」

「どうも」覚本は短く言い、照れ隠しをするようにビールをあおった。

「で、向こうが長谷部さん。覚本さんの大学時代の同級生です」

「どうも。フューチャー・パブリッシング・クリエイターの長谷部です」

長谷部が眉をきりりと立てて自己紹介すると、覚本がビールを噴き出した。

「お前、そんな肩書きだったのか」

「人がどう名乗ろうと勝手だろ」

「それ、どんな仕事なんですか？」

綾子が訊くと、長谷部はそういう反応を待っていたとばかりに説明を始めた。

「ただのフリーランスでいいだろ。余計胡散くさいぞ」覚本は呆れたような野次を飛ばしている。

「えっと、それから」玉石は紹介を続けた。「彼が相馬くん。広告代理店の電広堂に勤めてます」

「それから、漫画家も目指してます」相馬は屈託のない笑みを浮かべて言った。「今度、覚本さんのアシスタントをやらせてもらう予定なんで、西崎さんにもお世話になります」

「え、そうなんですか？」綾子が驚いたように覚本を見た。

「誰もアシにするなんて言ってないぞ」覚本が冷たく言った。「この男はペンだこもない手をして、真剣に漫画を描いてますみたいなこと言うんだ。ただの甘ちゃんだ」

「ああ、僕、ペンだことか、できにくいんですよ」相馬が冷静に反論した。「ペンの握り方がいいんでしょうね。書道なんかもちっちゃい頃からちゃんと習ってますしね」

「へっ！」覚本が顔をしかめた。

「それに、今の時代、アマチュアだって漫画の仕上げはパソコンでやりますよ。そんなペンだこがどうこうって、ははは、やだなあ」相馬はウイットに富んだジョークを聞いたように笑った。

「うちは全部アナログだ。これから先もな！」

「でも、もうそろそろアシ探ししとかないといけないですね」綾子が言う。

「ああ、仕事の話はまたあとにして」

玉石はそう制して、最後に自分の紹介を簡単にした。

「いやあ、でも、覚本の担当がこんなきれいな人だとは思わなかったな」

運ばれてきたバーニャカウダの野菜スティックをつまみながら、長谷部が言った。

「いやあ、そんな」綾子が顔をほころばせた。「ありがとうございます」

「ダボさん、騙されちゃ駄目ですよ」玉石は思わず口を出した。「西崎は普通の女じゃないですからね」

「何よ、普通の女じゃないって？」綾子が不愉快そうに眉をひそめる。

「この女は身勝手な言動で編集者をよく泣かせてきた田崎五郎先生の最後の担当編集者ということで有名なんですよ」

「それがどうしたのよ？」

綾子が素知らぬ顔を決めこんでいるので、玉石はその顔をゆがめてやりたくなった。

「田崎先生はセクハラでも有名で、昔担当した女性編集者は、三日で泣いて会社を辞めていったって言われるくらいなんですよ。それを西崎はものともせず、西崎伝説と言われるものまで残したんです」

「は？　何それ？」綾子はきょとんとしている。

「あ、それ、聞きたかったんだよ」相馬が手を打って言った。

「何、何、西崎伝説って？」美加子や芳恵も好奇心をあらわにして食いついてきた。

いつもなら「我が社の恥部だから」とごまかすところだったが、ここまで言ってしまった以上、引っこめるわけにはいかない。場を盛り上げたい気持ちもあり、玉石はその先を続けた。

「まだ初々しいはずの新人の頃の話ですよ。田崎先生の担当に付いた西崎が締め切りの日の夜半になって、練馬の仕事場に原稿をもらいに行ったんですよ。でもまだ原稿は上がってなかった。四、五枚残ってる。西崎はその原稿を待ちながら、編集部に入稿が遅れる連絡を取ったりしてたわけです。田崎先生はそんなに原稿が遅い人じゃないんだけど、そのときはぎりぎりまで上がらなかった。それで本当に時間との競争になって、西崎は焦って『先生、まだですか？』って田崎先生をせっついたんです。そしたら田崎先生は『描けない。あと一コマが描けない』って頭を抱え出したんですよ。

何が描けないかっていうと、主人公とベッドをともにした女が床に脱ぎ捨てたパンツが、どうしてもうまく描けないって言うんです。脱ぎ捨てた感がペンでうまく表現できないから、時間もないし、ちょっと君の穿いてるのを脱いで、ここに置いて見せてくれないかって言うんですよ」

「ええっ？」美加子と芳恵が気持ち悪そうに肩をすぼめた。

「でも、描けないわけないじゃないですか。天下の田崎五郎ですよ。つまり、そういうセクハラの手なんですよ。西崎は困って編集部に電話して、『田崎先生が、パンツが描けないって言ってるんですけど』なんて相談するわけですけど、デスクなんかは『馬鹿なこと言わせてんじゃねえ。何でもいいから早く描いてもらえ』としか言ってくれない。でも、ただじっとしてても、田崎先生は描いてくれないんですよ。

それで結局、西崎はどうしたかっていうと、ここが彼女の真骨頂、とうとう腹をくくったんです。先生やアシスタントがいる前で、いきなりスカートをたくし上げると、パンツをばっと脱いで、それを田崎先生の机にたたきつけたんですよ」

「はあ⁉」綾子は悲鳴に近い声を出した。「何でそんな話になってるの⁉」

「いや、違うぞタマケン」覚本が口を挿んできた。「俺が聞いた話は違う。西崎さんは机にたたきつけたんじゃない。脱いだ勢いのまま振りかぶって、『とっくり拝みやがれジジイ』って言いながら田崎五郎の顔に投げつけたんだ」

「ちょっと、綾子、伝説にもほどがあるよ！」美加子と芳恵が、綾子の肩をたたいて笑った。

「ありえないから！」綾子は顔を真っ赤にし、手をバタバタと振って取り乱した。

「俺はあの頃の新年パーティーで、田崎五郎本人がそう話してるのを聞いたんだ」覚本は言う。

「間違いない」

「あのおじいちゃんはお酒が入ると、めちゃくちゃな話をでっち上げるんですよ！」綾子は唾を飛ばす勢いで言った。「真に受けないでください！」

「投げつけたんじゃないのか？」

「投げつけてもないし、たたきつけてもないです！　だいたい、『とっくり拝みやがれ』とか、完全におじいちゃんの言葉じゃないですか！」

綾子は必死の形相でまくし立てると、肩で息をしながら早口で続けた。

「確かにあのときは絶体絶命でした。でも、あの日は会社に泊まる可能性が高かったんで、コンビニで替えの安い下着を買ってたんです。だから、お手洗いの中でそれをバッグから出して、手で丸めて使用感を作って、『はい、先生どうぞ』って渡したんですよ。私はそういう機転の利く女なんです！　もちろんその下着はちゃんと回収しましたし、すぐに捨てましたから！」

「ええっ、本当かぁ？」

それが事実ならつまらないので、玉石は疑いとからかいが混じった視線を送った。

「『本当かぁ？』じゃないわよ！」綾子が殺気立った目で玉石をにらみつけた。「伝説なんて言うから、窮地を脱した私の機転を褒めたたえる話かと思って聞いてたじゃない。この辱《はずかし》めをどうしてくれるの!?」

どうやらかなり本気で怒っているらしいと気づき、玉石はちょっと気まずい気分になった。

「まあ確かに、田崎五郎は受け狙いでいい加減な話をするところがあったからな……」覚本のほうが先に、火消しに回るようなことを言った。

「覚本さんは田崎先生の話を聞いてのことだから仕方ないけど」綾子はそう言ってから、再び玉石に物々しい視線を投げかけた。「玉石くん、あなたは許さないから！」

玉石は思わず身震いした。

「女の子を出しに笑いを取るなんて最低だからね！」

「お、タマケン、勉強になったな」

綾子の剣幕に若干気圧された顔をしていた長谷部が、引きつり気味の笑みを浮かべて言った。

「伝説通りのほうが、綾子らしくて面白いけどね」

美加子たちはそんなふうに言って、玉石をフォローしてくれたが、玉石としてはこれ以上、火に油を注がないよう、おとなしくしていることにした。


「玉石くんに喋らせてたら、どこに話が転がるか分かんないから、私が進めるわね」

美加子らが生ハムやカルパッチョをそれぞれの皿に取り分けるかたわら、綾子が横目で玉石を牽制しながら、仕切り直すように言った。

「合コンらしい話をしましょう。ずばり、好みのタイプはどんな子かってこと。その答え次第で、相手の女の子たちもそれぞれの距離を測ったりするんですよ」

「おぉ、なるほどな」

長谷部が感心したように言った。彼にしても、合コンの経験はそれほどないらしい。

「じゃあ、覚本さんはどうですか？」綾子が訊いた。

「そう言えば、覚さんの好きなタイプなんて聞いたことないですね」玉石は興味深く覚本を見た。

「うーん、そうだな……」覚本は渋い表情であごを撫でながら考えこんで言った。「やっぱり、ぐっとくる感じの子だろうな」

周りの者がきょとんと見ている中で、玉石が口を開いた。「えっと……どういう子だと、ぐっとくるかっていうことですけど」

「そこはだから、理屈じゃないだろ」覚本が口を尖らせ気味に言った。「がつんときて、ぐっと心を持っていくような女だよ」

「要は美人ってことですよ」相馬が解説に回った。「覚本さんは漫画を描いててビジュアル脳の人ですから、それだけ面食いなんです」

「簡単にまとめるな。美人でも願い下げの女はいくらでもいる」覚本が心外とばかりに言った。

「ああ、違う違う」長谷部が言う。「こいつのことは俺がよく知ってる。こいつは面倒くさがりだから、相手のほうからぐいぐい懐に入ってくるタイプがいいんだ。世話焼き女房のタイプだ」

「そんなこと言ってないだろ。お前に俺の何が分かってるってんだ。俺はうっとうしいのが嫌いなんだ」

「じゃあ、どんなんです？」

玉石の問いに、覚本は顔をしかめた。

「だからこう、がつんときてぐっと……ああ、もういい。そんなもの、一言二言で説明できるわけないだろ」

　覚本はそう言って返答を放棄し、皿の上の料理をフォークでつつき始めた。

「じゃあ、長谷部さんに訊きましょう」

　綾子も気を回して、そう言うしかないようだった。

「俺は簡単なんだよね」自分の番が回ってきた長谷部は、口もとに不敵な笑みを浮かべた。「大事なのは一つだけ。浮気とかにいちいちうるさいことを言わない子だね」

「は？」初対面で長谷部に気を遣っていたはずの綾子が、一転、怪しいものを見る目つきになった。

「幸せな男の人生ってのは何だろうかって、俺は突き詰めて考えてみたわけ」長谷部は調子に乗って言う。「で、結論的には、賢くて寛大な妻と、色っぽい愛人がいれば成立するなって気づいたんだよ。だから、本命はまず、浮気に目をつぶってくれる子だってこと」

「あの」綾子が片頬をゆがめて言った。「こういう場でそんなこと言って、女の子がどう取るかとか考えてます？」

「何で？　正直に言っちゃ駄目か？」長谷部は悪びれることなく言った。「女ってのは、男の浮気を許せるタイプと許せないタイプがいるわけだよ。変に回りくどいこと言ってるより、その許せるタイプの女にばっちり嵌まれば、話は早いじゃないか」

「そういうタイプじゃない子は不愉快に感じると思いませんか？」

「西崎さん、ほっとけ。こいつの論理には俺たちも呆れてんだ」

覚本に言われ、綾子は仕方なさそうに鼻から息を抜いた。

「よし、相馬くん、言っちゃおう」玉石が相馬に振った。

「僕はですね、正直、育ちのよささみたいなのを気にしちゃうんですよね」

「へえ」

ある程度まともで具体的な話が出てきたからか、綾子たちは興味を示すように相槌を打った。

「僕自身がずっと私学で育ってるじゃないですか。だから相手もやっぱり、ちゃんとした女子校あたりを出てないと、話が合わない気がするんですよね。ちなみにみなさんは、大学どちらなんですか？」

「……お茶大ですけど」綾子が答える。

「ああ、ちょっと残念な感じですねえ」

相馬がばっさり切り捨てると、綾子が目を見開いた。「はあ？　自分の大学言って、残念だなんて言われたの初めてだわ」

「いや、誤解しないでください。別に悪い学校だなんて言ってませんよ。でも正直、必死になって国立に入るのってどうなのかなぁ。まあ、さすがに貧乏くさいとまでは言いませんけど、やっぱりイメージ的に泥くさい感じは否めないじゃないですか」

「泥くさくなんかないわよ！」綾子が目を吊り上げて言った。「キャンパスも普通に舗装されてるからね！」

「おいおい、慶応ボーイ」長谷部が野次るように言った。「自分のとこよりいい学校なもんだから、悔しまぎれに言ってるだけなんじゃないか？」

「ははは、何を言っちゃってるんですか、やだなあ」相馬は不敵に笑い飛ばした。「僕は慶応の経済ですよ。いくら国立だろうと、一橋でせいぜい互角、その上は東大と京大だけですよ」

「知らねえよ」

「どうでもいいよ」

方々からブーイングに似た声が上がった。

「もう、変なのばっかり」綾子はうんざりしたように言った。

「よし、タマケンの番だ」

覚本に促され、玉石はうなずいた。

「まあ、僕は何だろうな……やっぱり、若さのある子がいいっすね。ぴちぴちして肌がきれいな感じの」

「またキモいこと言い出した」綾子は白い目で玉石を見ている。

「別にキモくはないだろ。中高生狙いとか言ってるわけじゃないんだからな。十八とか十九とか、そのへんだよ」

「犯罪すれすれじゃん！　いい歳して、何、十代狙ってんの？」

「別に犯罪じゃないだろ。年齢的なこだわりでもないよ。二十四、五でも、それくらい若く見えるなら、ありってことだよ」

「ありって……キモいし、何か腹立つわ」

「世間ずれした三十路より、うら若き乙女のほうがいいに決まってるじゃねえか」

ばーんと綾子がテーブルをたたいた。ほかのテーブルの会話もやむような音だった。

「本当、あんたたち、お酒が入ってなかったら聞いてられないよ」

「おいおい、あんたたちって、覚さんもいるのに……」

玉石はそう制したが、綾子に「うるさい」と一喝された。

「〝銀河系軍団〟か何か知らないけど、こんなんじゃ、相手にされずにすごすご帰ってくるのがオチだからね！」

綾子は鼻息も抑えず言い、男たちにじろりとにらみを利かせた。

8

西崎綾子たちとの飲み会があった翌週、覚本たちは夜になって、銀座の三越前に集まった。〝丸の内銀河系軍団〟との約束の日である。

「ああ、昨日もやっちゃいましたよ」

スーツに身を包んだ玉石は、冴えないしかめっ面で現れ、腹をさすってみせた。例によって有働の焼肉・キャバクラコースに付き合い、明け方まで飲んでいたのだという。

しかし、覚本が「無理すんな。帰ってもいいぞ」と言っても、「とんでもない。ここ二週間、今日のためにがんばってきたんですから」と悲壮感漂う顔で拒否してきた。

相馬はいつもスーツ姿だが、この日は覚本も長谷部も着慣れないスーツに革靴という装いで銀座にやってきた。〝銀河系軍団〟の合コンに応じる条件が、「ネクタイを締めた、ちゃんとした格好の人たちなら」というものだったからだ。それなら丸の内ＯＬになめられないよう、全員スーツで決めてこようと長谷部が言った。

「スーツなんて礼服しか持ってないぞ」と覚本は言ったのだが、「じゃあ、礼服で来い」と無茶なことを言われた。どうでもいいことだと無視するつもりだったものの、七年ほど前の文格社漫画賞の授賞式で着たスーツがあるのを思い出し、それを着てきた。

「よし、俺らもちょっとはましな軍団だな」長谷部がみんなの姿を眺め渡して言った。「あと、一言言っとくけど、この前みたいに正直すぎるのは考えものだぞ。ちょっとは空気を読んで、ものを言ったほうがいい」

「いやいや、それはダボさんでしょ」玉石が呆れたように言う。

「同じ間違いを犯すなってことだ」

店は東銀座にあるカジュアルフレンチのレストランだった。相馬が味・雰囲気ともに、七、八人のグループが和やかに会食するには最適だとして、合コン界に精通している同僚から勧められた店らしい。

店にたどり着く頃には、妙にそれぞれの口数が少なくなっていた。綾子たちと飲んだ夜とは明らかに空気が違う。

「さて、どう座りますか……」

リザーブのテーブルに通され、覚本たちは何となく落ち着かない気分のまま突っ立った。

「まあ、とりあえず適当で」

「そうだな」

そわそわしながら、それぞれがばらけて座る。すると、腰を落ち着ける間もなく、「遅くなりましたぁ」という艶のある声とともに、四人の女性が笑顔で姿を現した。

一目見た瞬間、相馬が口にしていた話が大げさではないことが分かった。日々の生活ではまず目にしたことがないような美女の密集地帯がそこに発生していた。

「あ、小島の同僚の相馬です」相馬が立って彼女らを出迎えた。

「お誘いありがとうございます」

一歩前に出て、優しく一礼した女は、長い黒髪に大人の色気を乗せていた。ともすると声をかけるのもはばかられるような気品をまとっているが、その笑顔の右頬には小さな片えくぼができていて、優艶《ゆうえん》なだけではない愛らしさのようなものも備わっていた。

「さあ、どうぞ座ってください」

長谷部が朗々とした声を作って促すと、店員にコートを渡し終えた彼女らの中から、フランス人形のような顔をした子が跳ねるように進み出てきた。

「絵里、真ん中がいいなっ」

彼女はあどけない声でそう言うと、テーブルを回って、覚本と玉石の間の席を取った。

「こんばんは」

彼女は腰を落ち着けると、横の覚本と玉石に笑顔を振りまいてみせた。玉石の顔がいつになく脂下《やに》がっている。

「じゃあ、私、ここよろしいですか？」

片えくぼの女が覚本の反対隣に回ってきた。

「どうぞ」覚本は喉から声を絞り出し、咳払いした。

「私はここでいいですか？」

「じゃあ、私はここで」

長谷部と相馬の間には、髪を茶色に明るく染めた女が座った。カシミアか何かの柔らかそうな白いセーターを着ているのだが、その胸もとが実に大きな起伏を作っていた。彼女が座った瞬間にもそれが揺れ、長谷部は横から目を見開いて二度見していた。

相馬の反対隣には、オレンジの眼鏡とショートボブが似合う女が座った。いかにも優しげで小さな口をしていて、相馬ににこりと微笑みかけている。

料理はコースを頼み、シャンパンで乾杯した。

「彩芽《あやめ》です」「伊都《いと》です」「詩子《うたこ》です」「絵里です」

女性陣がそれぞれ、簡単に自己紹介してくれた。覚本の横に座る片えくぼの子が彩芽で二十八歳。セーターの子が伊都。眼鏡の子が詩子。フランス人形の絵里が一番若く、二十五歳だった。

「それでこれ、バレンタインデーはすぎちゃったんですけど、お近づきのしるしにと思って、チョコレートを持ってきたんで、先に渡しておきますね」

彼女らはそう言って、バッグから小さな包みを取り出した。男たちからは感激のどよめきが上がった。

「はいどうぞ」

覚本は彩芽から優美な笑みとともに差し出され、この時点でもう、心にがつんと直撃するものを感じてしまった。

男たちの自己紹介の番になり、覚本は自分の名前と漫画家であることを名乗った。

「えーっ、どうして今日はベレー帽かぶってないの？」絵里が不思議そうに訊いてきた。

「いや、いつもかぶってないんだが……」

「どうして、漫画家なのにかぶらないの？」

「漫画家って、ベレー帽より、鉢巻きのイメージじゃない？」彩芽が言った。「覚本さんは鉢巻きが似合いそう」

「ねえねえ、ドラえもん描いて」

「チャコちゃん描いて」

伊都や詩子も食いついてきた。仕方なく、彼女らが出してきた紙にドラえもんを描いてやると、想像以上の歓声が上がった。

「すごーい！　本物のドラえもんだ！」

「いや、本物ではないんだが……」

「次、チャコちゃん、チャコちゃん」

「おちゃのこさいさい」のチャコちゃんも、甥っ子の真志に描いてやったことがあるので難しくはない。

「すごーい！　可愛い！」

「覚本さん、天才だ！」

大げさすぎる反応ではあったが、咲き誇る花のような笑顔に囲まれて悪い気はしなかった。

「ちょっと待て……もう少しうまく描けるはず」

彼女らが喜んでいるのだからそれで十分なのだが、覚本は描き上がりが何となく気に入らず、もう一度描き直したくなった。

「すごい真剣に描いてる」横から彩芽が見守りながら、いたずらっぽく言う。

今度は出来映えに満足し、覚本がどうだとばかりに顔を上げると、彩芽が「さすがプロだわ」と手をたたいてくれた。

覚本だけでなく、その後のほかの男たちの自己紹介にも彼女らはノリノリで興味を示し、それだけで会はたいそう盛り上がった。


そして一時間後、覚本は頭にネクタイを巻いていた。

彩芽に、絶対に鉢巻きが似合うはずと言われ、せがまれるままにネクタイを巻いてみたところ、彼女は自分の胸に手を当て、「やっぱり似合う！　格好いい！」としびれたような声を発したのだった。

さらに覚本は、その彩芽相手に自分の半生をあらかた語っていた。

「すごい。でも、そのお兄さんの事故で逃げなかったことが、今につながってるんですよね」

「でも、ときには逃げたいなって思うこともあるけどね」

「当たり前ですよ。厳しい仕事ですもの。でも、そこで逃げずにやるから、人の心を動かす作品が生まれるんですよね……」

彼女の濡れた瞳で見つめられると、覚本は自分の生き様について語らずにはいられなかった。

そして彼女から返ってくる言葉は、覚本の心の襞《ひだ》を撫でるように気持ちの行き届いたものだった。

彩芽は普段、美容品メーカーの社長秘書をしていて、独身男性と知り合う機会が少なく、こういう場での出会いを大切にしたいと思っているというようなことを、少し恥ずかしそうに口にした。

　実際、覚本のような畑違いの人間と喋るのは新鮮らしく、聞き慣れない言葉を耳にすると、好奇心を刺激されたように目が一段と輝くのが分かった。その表情の変化が、彼女の魅力を果てしないものにしていた。

「覚本さんは、どんな女の子がタイプなんですか？」彩芽がふと上目遣いに訊いてくる。

「ん……タイプっていうか、俺はその、がつんときて、ぐいっと心を持っていくみたいな……」

　酔いも手伝って、西崎綾子たちとの酒席と同じ答えを口にしてしまったが、彩芽はそれですぐに通じたように、うなずきながら微笑んだ。

「漫画と同じで、つかみが大事ってやつですね。ありきたりじゃなくて、あまり経験したことがないインパクトを与えてくれる相手みたいな」

「そう、それだ」

　覚本は思わず大きな声を上げていた。この前はまったく理解されなかった自分の言葉が、彼女には難なく伝わったことで、感動に似た気持ちさえ湧き上がっていた。

「でも、女性にしたら、難しいハードルかも」彼女はそう言って、いたずらっぽく口をすぼめてみせる。

「いや、例えばこういうことなんだ。今のこういうやり取り」

覚本がそう言うと、それもすぐに解したように、彼女は目を細めて柔らかく笑った。

会が終わる頃には覚本以外の男たちも、みんなして今の幸福感を表現するように、頭にネクタイを巻いていた。途中からはそれぞれ、隣の女の子たちとの話に興じていたが、満ち足りた笑顔を見るまでもなく、どこも大いに盛り上がったらしかった。

「ごちそうさまでした〜!」

「楽しかった〜!」

「またね〜!」

「バイバ〜イ!」

笑顔やウインクや投げキッスを残してタクシーに乗りこんでいった女性陣を見送ると、男たちは自然と顔を見合わせた。それぞれがだらしないほどに、にやけていた。

「覚本ぉ〜」長谷部が覚本をからかうように小突いた。「彩芽さん、めっちゃ潤んだ目でお前を見つめてたな。いったい何を話してたんだよ?」

「何って、いろいろだよ」覚本はどうしてもほころんでしまう顔の筋肉と闘いながら答えた。

「潤んでたのは酒が入ってたからじゃないか?」

「それだけじゃないだろ。あれは酒だけに酔ってた目じゃないぞ」

「ダボさんの隣の伊都さんも何ですか、あれ」玉石も目尻を下げて言う。「あの巨乳にセーターは反則ですよ。目のやり場に困るじゃないですか」

「そうだったか？　隣だと、そこまでは気づかなかったな」長谷部がにやけ顔で白々しく言った。

「でも、あの伊都ちゃん、俺が口を滑らせて、浮気を許してくれる子がいいって言ったらさぁ、『分かんないようにやってくれれば、多少の浮気くらいありだよ』なんて言うんだよ。ほっとかれるのは嫌だけど、自分に優しくしてくれれば、うるさくは言わないってよ」

「お前はどこまで欲深いんだよ」覚本は長谷部の幸せそうな首を絞めてやった。「この、けだものが！」

「僕と喋ってた詩子ちゃんは、東女《とんじょ》を出てるらしいんですよ」相馬も興奮気味に言って万歳した。

「もう完璧ですよ！」

「君もまた性懲りもなく、そんなどうでもいいこと訊いてんのか？」長谷部がにやけたまま、相馬の肩をどやしつけた。「お茶と東女でどんな差があるのか分からんが、まあ、とにかくよかったな」

「まったく、あの素晴らしく眼鏡が似合う可愛さだけで十分だよ」玉石も呆れながら笑っている。

「絵里ちゃんもフランス人形みたいな顔してたな」

覚本が言うと、玉石は頬が緩むのを止められないといった様子でうなずいた。

「陶器のような肌っていうのは、あのことですよ」彼はそう言ってから、また一段と表情を崩した。「てか、よくよく話を聞いたら、あの子、男とちゃんと付き合ったことがないなんて言うんですよ。どうしましょう？」

玉石は覚本たち三人を見やり、ぐふふと笑った。

「タマケーン、お前やっぱ、持ってんなぁ！」

「見かけ倒しじゃなかったか！」

「早死にしても、文句言えないぞ！」

三人で玉石を小突き回し、玉石は嬉しそうにそれを受けていた。

「俺、次のデートで伊都ちゃんにプロポーズするよ」長谷部が不意にそう宣言した。

「おいおい、いくら何でも早すぎだろ」

「せめて三回目くらいにしましょうよ」

「いやいや大丈夫だ」長谷部は自信たっぷりに言った。「今日でも、あと一時間くらいあったら、プロポーズまでいけた気がする」

普通なら一笑に付すところだが、会の盛り上がりを思い出すと、ことさら無謀とは言えないかもしれないと思わせるものがあった。

「しかし、こんなことがあっていいんですかねえ」相馬が夢見心地といった表情で言う。「下手すりゃ、四組このままゴールインですよ」

「いや、当然それを目指すべきだ」長谷部が言う。「全部がこのますんなりいくかどうかは分かんねえけど、それぞれフォローし合えば大丈夫だろ」

「忘れちゃいけないのは、今日ここであったことは現実以外の何ものでもないってことだ」

覚本がきりりと顔を引き締めて言うと、三人がはっとするように目を向けてきた。

「今日の出来事は、『東銀座の歓喜』として、我々の未来において長く伝説のように語り継がれることになるだろう」

「おいおい、格好いいこと言うなぁ！」

長谷部が上機嫌にはやし立て、みんなの笑顔が弾けた。頭に巻いたネクタイが夜風になびいていたが、誰も寒そうな顔はしていなかった。

2章　胸中の空っぽ

1

「おちゃのこさいさい」の連載原稿が上がった翌日、緑川優は九時すぎに目を覚ました。

ペントハウスのテラス付きリビングでフレンチブルドッグのグリドンをあやしながら熱いカフェオレを飲み干すと、下のフロアに行き、浴室暖房の効いたバスルームでシャワーを浴びた。

パウダールームで髪を乾かし、化粧を済ませ、衣裳部屋でファーコートとカシミアのストールに身を包む。シューズクローゼットから先月買ったばかりのスエードのブーツを選び、玄関のベンチに座って足を通した。

吉祥寺の街に出た優は、行きつけのパン屋と食料品店を回って、ブランチにするサンドウィッチや夕食用のパスタの具材などを買い、最後にパティスリーを覗いて、土屋正行が好物にしているタルトケーキをいくつか買った。

マンションに戻ってサンドウィッチをお腹に収めると、防寒具を着せたグリドンとタルトケーキの箱を抱えて、自宅マンションから歩いて二分ほどの場所にある仕事場に向かった。

仕事上がりの今日は、午後から一時間ほど、清掃業者に仕事場を掃除してもらうことになっていた。狭い部屋で仕事をしていた頃は、仕事上がりにアシスタントとみんなで掃除をしていたが、今の仕事場に移ってからは業者に任せるようになった。アシスタントたちには、大事なものを机の上や床に置きっぱなしにしておかないように注意するだけだ。

清掃業者が部屋をきれいにしている間、優はグリドンを連れて井の頭公園を散歩した。

公園はまだ冬の景色そのものだが、原稿のほうはそろそろ春を意識してもいい。今年も桜をテーマに一本描きたいな、どんな話がいいだろう……そんなことを考えながら、のんびり歩いて時間をつぶす。

仕事場に戻り、清掃業者を送り出すと、暖房をつけてグリドンに水を飲ませた。優がソファに座って雑誌を広げているのを尻目に、グリドンは窓際の陽が当たる場所に寝そべり、気持ちよさそうに昼寝を始めた。

やがて三時を少しすぎた頃にチャイムが鳴った。

「いやあ、まだまだ寒いな。うん、ここは暖かい」

土屋が照れ隠しのつもりか、そんなことを独り言のように言いながら入ってきた。

「こんにちは。ご無沙汰しております」

「フロンティア」の島谷と「エンデバー」の江川が土屋のあとに続いて入ってくる。

優は彼らのコートを預かってハンガーにかけると、応接ソファに案内した。客人が来て目を覚ましたグリドンが、寝起きの伸びをしたり、きょろきょろしたりと落ち着かない様子でいる。

優はキッチンで紅茶をいれ、タルトケーキと一緒に持っていった。

「ああ、申し訳ないです。お構いなく」

「これ、出がけに買ってきたものですが、よろしかったら」

江川から菓子の詰め合わせらしき包みを渡され、優は礼を言った。

「それから、私、部署のほうが変わりまして……」

江川は「コミックエンデバー　編集長」という肩書きが記された名刺を差し出してきた。

「おめでとうございます。江川編集長」

優が冗談めかして言うと、江川は「いや、本当、まだ慣れないんですよ」と頭をかいた。

「でもすごいじゃないですか。初代の編集長になるんだし。文格社の社史に名前が刻まれますよ」

「初代で終わんなきゃいいがな」

土屋が言い、みんなが声を上げて笑った。

それからしばらく世間話をしたのち、土屋が話を戻した。

「それでまあ、さっきもちょっと触れたように、今度の四月から新しいコミック誌を出すことになって、今、うちの局はいい感じで活気が出てきててね。ここんとこ、廃刊はあっても創刊はなくて、今度のは実に十一年ぶりの挑戦なんだ。一時期はずっと守りに入ってて、まあ、こういうご時世だ、雑誌というのは本当に厳しい時代になった。

でも、やっぱり守って縮小していくばかりではいけないと、俺はずっと思ってたんだな。もちろん、今までの雑誌作りのノウハウじゃあ、たとえ立ち上げても先が見えると思う。どんぶり勘定でやってた昔ながらの雑誌屋の感覚だったら、とても生き残れない。けれど、ちゃんとコスト管理をして、真面目に、そして挑戦は忘れずにって作っていったら、まだまだ雑誌っていうのは元気にやれると思ってるんだよ。

今度の『エンデバー』っていうのはね、うちのコミック誌の今後の方向性を占う試金石になると思ってるんだ。コスト管理にしても編集体制にしても、今までのうちの雑誌にはないものを取り入れてやっていく。それが成功すれば、『フロンティア』なんかもあとに続く形になる。電子化にしても、いずれは雑誌丸ごとパッケージングして売ることも考えなきゃいけないかもしれないけど、その場合だって、まず先鞭《せんべん》を着けるのは今度の『エンデバー』になるだろうと思ってる。そういうことを考えながらの創刊なんだ。

一つの雑誌を立ち上げるってのはね、漫画家さんの発表の場を増やしたいってことももちろん根底にはあるけど、それだけじゃないんだな。いろんな使命を背負ってて、俺は大げさな言い方は好きじゃないけど、これは文格社の命運が懸かってると言ってもいいんだ。本当に大きな仕事なんだよ。

だからまあ、今度のことでは天下の緑川優にも力を貸してもらいたいと、俺だけじゃなく、このプロジェクトに携わっている人間みんながそう思ってるし、それをちょっと今日は伝えたいということでね、こうして新編集長の江川を連れてきたわけなんだな。新雑誌の詳しい話はこれから彼にしてもらうから。それで、ぜひともお願いしたいっていうことがあって、彼に頭を下げさせるから。ちょっとまあ、それを聞いてやってくれないかな」

土屋は熱っぽい口調で語り終えると、江川に目配せし、一息つくようにしてタルトケーキにフォークを入れた。

江川は新雑誌の編集方針や想定読者層、現在決まっている主要執筆陣の顔ぶれなどを優に説明した。執筆陣には名の知れた売れっ子作家も何人かそろっていて、編集部の意気込みはそこからもうかがい知れるようだった。

「……それでですね、これはもう、私の職を賭してのお願いなんですが、ぜひ『おちゃのこさいさい』を『エンデバー』のほうにいただけないかと、こう考えているわけであります。『フロンティア』で十五年、まだお嫁入りには若いかと思いますけど、『エンデバー』では部を挙げて、万全の態勢で迎えさせていただきますし、何よりチャコちゃんの笑顔が、荒波を前にした新雑誌の船出に勇気を与えてくれると我々は信じているんです」

まるで土屋に授けられたような、大げさな口説き文句だなと、優は心の中で苦笑した。

「分かりました。よろしくお願いします」

優が応えると、江川は深々と頭を下げて礼を言った。

「フロンティア」には三月発売分の号まで掲載され、その後、四月の第二週に創刊される「エンデバー」に移ることが決まった。

「それで、ちょっと申し上げにくいんですけど、ぜひご理解いただきたいことがありまして……」

江川がふと声のトーンを落とし、心持ち肩を狭めた。

「先ほどの土屋の話にもありましたように、『エンデバー』はコスト管理の面で厳しく見ていかなければいけない雑誌という立ち位置でスタートすることもありますし、気概はあっても当初から『フロンティア』並み、『フロンティア』以上の読者を確保できるという楽観的な見通しを持って臨んでいるものでもありません。この厳しい時代にあえて創刊して、それでも収益を生む雑誌を作るという命題がありますので、その身の丈に合うお金でやっていかなければいけないわけです。

ですから、本当にこちらの勝手なお願いになってしまうんですが、原稿料のほうをですね、『エンデバー』でお支払い可能な額として、新たに設定させていただけないかと思っておりまして……」

「いくらになるんですか？」優は単刀直入に訊いた。

「五万円ということで、何とかお願いできないかと」

二万円のダウンだ。ずいぶん大きいなと思ったが、顔には出さなかった。

「うん、これはちょっとデリケートな話なんで、説明を付け加えさせてもらうけどね」土屋が口を挿んできた。「この五万円という原稿料でも、今の『フロンティア』や『エンデバー』の執筆陣では、トップクラスには間違いないんだ。この上はいない。『エンデバー』だと、ほかの期待の中堅どころでも三万あたりがせいぜいだからね。六万だ七万だって上げられたのは、『フロンティア』も『おちゃのこ』も一番いい時期だったからで、それがそのまま、これからもずっと続けられるっていう時代ではなくなったんだな。だから、そこはちょっと理解してもらえないかな」

もともと優が原稿料を上げてくれと頼んだわけでもない。土屋が優に格好をつけ、彼の裁量で強引に上げた時期もあったように思う。金額の上下は自分の作品の評価と表裏一体だから、決していい気はしないが、お金に困る生活をしているわけでもなく、割り切ろうと思えば決して難しくなかった。

「分かりました。それでけっこうです」

優の返答に、江川はまた深々と頭を下げた。

しかし、話はまだそれで終わりというわけではないらしかった。

「あともう一つ、これは作品作りにも関わってきますので、こちらからの提案であり、ご相談ということになるんですが……」

「まだほかに何か？」

優が冗談混じりに軽く揺さぶると、江川は笑いながらも恐縮したように頭を垂れてみせた。

「あの、こうやって発表媒体を変えていただくことで、これは『おちゃのこ』にとっても新たな読者と出会う機会にもなると思うんです。そこでですね、まあ一つ提案ということになるんですが、『おちゃのこ』もマイナーチェンジを試みることで、新たな読者を積極的に迎えることができるんじゃないかと思ってるんですよ」

「例えば？　新しいキャラを入れるとかってことですか？」

「いえ、まあ、それも検討していただければ嬉しいんですが、僕が考えているのは、作品の長さなんですね」

「長さ？」優は眉をひそめた。

「ええ。今、『フロンティア』では扉を入れて十八ページでやってると思うんですが、これを例えば、『エンデバー』では十六ページでやろうということにすると、僕は一つの試みとして、そこに何か新しいものが生まれてくるような気がするんですよね」

「ん……おっしゃられる意味がちょっと分からないんですが」優は自分の気持ちが無理に冷やされていくのを感じながら江川を見た。

「二ページ短くなることで、話の展開は当然スピーディーになりますし、面白さの切れみたいなものが今以上に増すんじゃないかと思うんですよ。短いということは読みやすいということでもありますから、新しい読者の獲得にもつながりますしね」江川は意識的にか、声に張りを作って言った。

「十八ページだと付いてこられなかったお馬鹿さんでも、十六ページなら読んでくれるかもしれないってことですか？」

優がそう訊き返すと、江川は愛想笑いと苦笑いを混ぜたような笑みを顔に貼りつけた。

「いや、あの、そういう言い方をされると身もふたもなくなってしまうんですが……」

「十八ページに慣れ親しんでいた読者には、逆に物足りなくなってしまうでしょ」

「というかですね」江川も食い下がる。「僕がイメージしてるのは、コーヒーでいうエスプレッソみたいなことなんですよ。少量でも濃厚な味わいが楽しめるようなね」

「みんながみんな、エスプレッソを飲みたがるわけじゃありませんし」優はぴしゃりと言った。

「そうなら、ギャグ漫画は全部四コマでやれっていうことでしょう。四コマは四コマ、十八ページは十八ページ、それぞれみんな、その作家、その作品に合った長さで話を作ってるんですよ」

そんなことも分からないのか……いや、分かって言っているのだ。それが透けて見えるだけに、余計に腹立たしい。

週刊連載なら、一回のページ数は二十ページ前後が普通だ。別に「おちゃのこさいさい」がほかと比べて多く誌面を取っているわけではない。

結局、ページ数を抑えようとしているのは、コストのことしか考えていないからだろう。この編集長は読者に知られた「おちゃのこさいさい」を雑誌の顔として利用したいだけで、中身のことなど真面目に考えてはいないのだ。たかだか二ページをケチろうとする雑誌での連載など、やめてやったっていい……頭に血が上ったまま、そんな考えを口にする寸前までふくらませていると、不意に土屋が割りこんできた。

「いや、まあ、それはいいんじゃねえかな」

諭すような口調で江川に言った。

「彼女はほら、十何年も同じやり方でやってきたんだから。いきなり短くしろって言われても、そりゃ戸惑うだろうよ。そりゃ、お前が言うように濃厚なものができればいいけどさ、下手すりゃコマの大きさをいじるだけに終わっちまうかもしれねえしな。言うほど簡単なことじゃないぞ。たかが二ページ、されど二ページだ。うん、ちょっとこれは難しいな」

やんわりとたしなめられた江川は気まずそうに何度もうなずいている。

「そうですね。はい、分かりました」彼はそう言って、申し訳なさそうな顔を優に向けた。「まあその、一つの可能性として提案させていただいたんですが、確かに混乱されることのほうが多いかもしれませんので、これはまあ、なしということで、従来通り十八ページでお願いできればと思います。失礼しました」

「うん、そのほうがいいな」

土屋がそう言って鷹揚な笑みを見せ、すべてが丸く収まったような格好を作った。

優はその彼を、今までにないような醒めた目で見ていた。いかにも優の顔を立てて、編集部側の考えを引っこめさせてやったというような顔をしている。

しかし、江川が独断でこんな提案をしてきたわけはない。土屋も承知の話に決まっている。

それを江川に切り出させて、優がどんな反応をするのか……土屋はそれを慎重に見ていたのではないか。本気で腹を立てるのか、渋々でも呑むのか、彼ならその微妙な感情の加減を読むだろう。そして無理だと分かれば、今みたいに優を慮《おもんぱか》るようなことを言って撤回させる気だったのだ……最初から。

向こう側の人間なのだ。

二人だけでいると気づかない。

けれど、こうして何人かでいると気づいてしまう。いつまで経っても、何年待っても、本当の意味で一緒になれない人間だということが分かる。

「そうだ、島谷、あれ持ってきたんだろ……ファンレター」

「ああ、はいはい」

土屋に水を向けられ、島谷が茶封筒を取り出した。

「米山から預かってきまして……」

茶封筒の中には封書や葉書の束が詰まっていた。四月から雑誌を移るといっても、現担当編集者の米山とは、これからも何回か会う機会があるはずだ。それでも島谷がこれを預かってきたのは、おそらく土屋に言われてのことだろう。優がファンレターを読むのを至上の楽しみとしていることを、彼はよく知っている。

「いや本当に、長い間『フロンティア』を引っ張っていただいて、言葉には言い表せない感謝をいたしております。これからはまた、一ファンとしてチャコちゃんの活躍を期待し続けていきますし、その意味でも、新雑誌での成功をお祈りしております」

島谷はそう言って頭を下げた。

三人が帰ったあと、優は静かになった仕事場に残り、ソファに身を預けた。グリドンが遊んでほしそうにしていたが、構ってやる元気はなかった。

ファンレターの束を手に取る。チャコちゃんの笑顔が葉書いっぱいに描かれている。子どもの手によるものだ。嬉しいという感情より先に、なぜだか涙がこみ上げてきた。

きれいな字の手紙が目について、それを読んでいくと、優は涙が止まらなくなった。

まだまだ、こんなふうに「おちゃのこさいさい」を必要としてくれている人がいるのだ。

こんなことで何をへこたれてるんだろう。がんばらなきゃと思った。

2

雪子の結婚披露宴二次会で出会った小太りの女は関口美鈴と名乗った。いったんは奈留美のそばから離れていったので、話は終わったのかと思ったのだが、彼女は皿にまたスパゲッティのお代わりをよそって戻ってきた。

トマトソースが付いた美鈴の唇はそれからもよく動き、奈留美は彼女の活動内容を一方的に聞いていた。

美鈴が嵌まっているヌエなる人物のサイトでは、ヌエに恋愛相談をして、アドバイスをもらったりすることができるのだという。

それだけではなく、ときにはオフ会が開かれ、そこで知り合った女同士で合コンユニットを組んで、ヌエのアドバイスを実践しながら、いわゆる婚活に励んでいるらしい。結婚というのは、そこまでがんばって動かないと手に入らないものなのかと、途方に暮れる思いで奈留美は彼女の話を聞いていた。

その後の話の流れで、奈留美は言われるままに、彼女とアドレス交換までしてしまっていた。圧倒される思いが強かったが、所在がなかったあの場では、なかなか面白い話し相手に恵まれたという気もしていた。

しかし、マンションに帰った奈留美は、すぐにパソコンを開いてヌエのサイトを探すということはしなかった。美鈴は快活に語ってくれていたものの、いざ一人になってみると、馴染みのないサイトを覗くのは得体の知れない世界に足を踏み入れるようで、今一つ食指が動かないという心境だった。

大学を卒業してから、よく上京してきたと自分でも思うくらい、奈留美は腰が重いのだった。背中を押され、さらに突き飛ばされないと動けない。いや、昔はそんなこともなかった。年々動けなくなっている。ここ二年ほどはディズニーランドにも行っていない。

もちろん一方では、このお決まりの生活を何とかしなければという思いも強い。週が始まれば朝は仕事に行き、仕事が終わればマンションに帰る。多少の寄り道はあっても、そこから何かが生まれることはない。

そんな奈留美の背中を突き飛ばしに来たように、何日かして美鈴からの「サイト見た？」というメールが携帯電話に届いた。

さすがにこれは、サイトを見ないと返事ができない。奈留美は夜、風呂に入って落ち着くと、パソコンを開いて美鈴に言われた通り、検索をかけてみた。すると難なく、「ヌエの恋愛塾」というサイトが引っかかった。

息を呑みながら、画面とにらめっこする。

おそるおそるクリックしてみる。

と、何やら派手やかな色調のトップページが出現した。ヌエという妙な名前から、よくてレトロ、悪ければ不気味でおどろおどろしい雰囲気のサイトを予想していただけに、意外な感はあった。

「ようこそヌエの恋愛塾へ」というタイトル文字が躍り、「プロフィール」「ヌエの今週の一言」「成功者は語る」「同志増殖中」などの目次が並んでいる。

とりあえず、「プロフィール」をクリックしてみた。

ヌエ　東京在住。もちろん女性。この塾で恋愛能力を高め、理想の王子を射止めんと奮闘しているみなさんの味方です。

これだけだ。戻って、「ヌエの今週の一言」に目を留めた。美鈴がヌエの言葉だと言っていたのは、たぶんこれだろう。更新間もないらしく、「ＵＰ」の印が出ている。

クリックしてみる。

男こそ押しに弱い!!

いきなり画面サイズいっぱいの文字が目に飛びこんできて、奈留美は「うっ」と声を上げながらら、思わずのけぞった。頭をがんと殴られたような衝撃があった。
スクロールすると、文章が出てきた。

よく、女は押しに弱いと言われますが、みなさん、間違えないでください。男こそ押しに弱いんです。男というものは押すことに神経がいっているので、基本、押されることに慣れていません。なので、特別意識していなかった子に脇からぐいぐい押されてしまうと、油断していた分、あっけなく押し出されてしまったりするんです。ニコニコと力を入れていないふりして、意中の彼をぐいぐい押しちゃってみてください。意外と脆いかもですよ。

すごい煽ってるなぁ……奈留美はたじたじな気分になりながら、苦笑気味に何回か読み返してみる。一方では、そういうものなのかなと心を動かされる部分もなくはない。
ちょっと気に入ったので、ページの下にあった「ヌエの過去の一言」というのを開いてみることにした。

ストーカーの一歩手前は情熱家!!

号泣する準備をしておけ!!

「女に嫌われる女」にヒントがある!!

気がつくと、奈留美は「ヌエの過去の一言」を熟読していた。なりふり構っていない感じがむしろ清々しく、読んでいて楽しくなってきた。この教え通りに行動するのは、さすがに勇気がいるかもしれないが、何かしら行動したくなるような元気は湧いてくる。

奈留美は携帯電話を手に取ると、美鈴に「見ました。ヌエさんの一言、面白いですね。何だか元気が湧いてきました!」とメールを返した。

すると美鈴から、「ヌエさんにメールしてみてごらん。相談に乗ってくれるよ」とのメッセージがまた届いた。

あなたのコイバナ、婚活成功談、恋愛の悩みをメールで聞かせてください。ヌエもお返事書きますよ。オフ会なんかもあったりして。

「同志増殖中」というページにそんな案内が出ている。「宛先はこちら」というアンダーライン付きの文字をクリックすると、メールの作成画面が出てきた。

インターネットを使っていても、こういうサイトに何かを投稿したり、誰かのブログにコメントを書きこんだりしたことは今までなかったのだが、またどうせ美鈴から「ヌエさんにメール出した？」という確認が来ることは目に見えているので、少しでもその気になっている今のうちに文章を作ってみることにした。

年齢的にも結婚を意識していて、彼氏が欲しいと考えているのだが、今の生活には出会いがなく、自分自身、あまり積極的な性格ではないので、どうしたらいいか悩んでいる……短くまとめてしまえばそんなような意味になる文章を作った。

そして、えいやと送信した。

奈留美の文章はパソコンに吸いこまれるように消え、「送信完了」の文字が代わりに浮かんだ。

翌日、美鈴から、ヌエに何かしら書いて送ってみたかという確認のメールが案の定届いた。相変わらずの世話焼きな人である。帰りの電車の中で美鈴に返信を送り、マンションに帰ってまず、パソコンを開いてみた。

するど、ヌエからの返信が早くも届いていて、奈留美は自分でも少し動揺するほど気分が高揚してしまった。

ナルミさま

メールありがとうございます。ヌエです。

メールに書かれていたこと、よーく分かります。ナルミさんだけじゃありませんよ。世の中の年頃の女性の多くが、こんなふうに思い悩んでいます。

でも、もう安心！　ナルミさんはヌエのところにたどり着いたのですから。

これからはヌエがバンバン背中を押しちゃいます。

ミスズさんから、ナルミさんにヌエのサイトを紹介したこと、お聞きしました。

ミスズさんは現在、ブレーキが壊れたダンプカーのごとく、精力的に活動されています。

ミスズさんたちが企画する合コンなど、ナルミさんにも声をかけてもらうよう、ヌエからもお願いしておきますね。

幸せは待ってても転がりこんではきません。必死になってつかみ取るものです。

ではでは、ご健闘をお祈りします。

また何かあったら、ご報告お待ちしてます。

ヌエ

ブレーキが壊れたダンプカーって……美鈴のイメージをコミカルにも言い当てていて、奈留美は思わず吹き出してしまった。

メールしてみてよかった気がする。これをきっかけに何かが起こりそうだ。少なくとも、奈留美は合コンなどにはこれまで参加したことがなかったから、そういう機会に恵まれるだけでも今までとは違う日常がやってくることになる。

幸せは必死になってつかみ取るもの……奈留美はヌエの言葉を反芻《はんすう》しながら、一人静かに奮い立った。

3

「東銀座の歓喜」から一週間後、「本日六時、吉祥寺に集合」という長谷部の一斉メールが覚本の携帯電話にも届いた。人の都合も聞かない一方的なメールに、普段なら断りの返信をあっさり送りかねない覚本だったが、この日は約束の時間が近づくと、素直にマンションを出た。集合場所が、覚本がネームを切るのによく使っている吉祥寺のファミリーレストランということもあったが、心のどこかで長谷部らからの連絡を待っていた面もあった。

約束の店を覗いてみると、長谷部がすでに奥の席にいた。三日くらい寝ていないような顔をして頬杖をつき、覚本に虚ろな目を向けてくる。テーブルのかたわらには短期間のうちに相当読みこんだ風合いの結婚情報誌が置かれていて、付箋がいっぱい付いていた。

「おかしい」

長谷部は胸の中の苦しみを吐き出すように、そう言った。

コーヒーを頼んでいると、すぐに玉石や相馬も現れた。

「おかしいんですよ」

「おかしいです」

彼らも口々に言った。

〝丸の内銀河系軍団〟との合コンで、覚本たちは隣り合わせになって親しくなった女性たちとメールアドレスを交換した。覚本は片えくぼの彩芽と交換し、「メール待ってますからね」と濡れた目でウインクされた。ほかの男たちもそれぞれ、似たようなやり取りをしている。

しかし、あの日以降、何通メールを送っても、一向に相手からの返事がないのだ。

「俺なんか、三十回はメールしてんだぞ。いったいどうなってんだ」

長谷部は血走った目を三人に向けて言い、片手は携帯電話を操作するようにテーブルの上でもぞもぞと動いていた。人間として壊れかけているような挙動である。

「三十回も一方的にメールするなんて、犯罪のレベルですよ」玉石は徹夜で原稿待ちをしたときのような疲労感漂う顔を見せて言った。「まあ、僕も十回はメールしましたから、人のことは言えませんけど」

「犯罪もくそもねえよ。こんだけメールして一つも返事を寄越さないほうがおかしいだろ」長谷部はそう声を荒らげたかと思うと、おもむろに頭を抱えた。「駄目なんだよ。一向に返事が来ないから、『返事の一つくらいするのが礼儀ってもんだろ！』ってぶちギレメールを送っちまうんだよ。でも、結局それも無視されるから、しまったって気になって、『さっきのメールは忘れてください』とか、『一言でもいいから何か返事をしてください』とか、気づくとそんな卑屈なメールを三通も四通も送っちまってるんだ」

「重症ですねえ」玉石が言う。「まあ、気持ちは分かりますけど」

「分からんでもない」覚本も言った。

「おかしいと思わないか？」不意に長谷部が顔を上げた。「お前らもまったく音信不通なんだろ？」

「おかしいっていうと？」

「あの四人の身に何かあったんじゃねえのか？　あんな美人ぞろいだしな。あの合コンの帰りに、何者かに連れ去られたとか……一度、警察に話を持ってったほうがいい気がするんだよな」

「それはどうでしょうか」相馬がためらうように言った。「もうちょっと様子を見たほうがいいかと……」

「だって、そうでもなきゃ説明がつかないだろ！」

「一回落ち着きましょうよ」玉石が長谷部をなだめた。「四人もいっぺんに連れ去られたら、さすがに新聞に載ってますよ」

はあと長谷部が重いため息を吐いて沈黙し、その場にやるせない空気が広がった。

「まあ、もうちょっと様子を見るしかないと思うんですよね」玉石が独り言のように言う。

「様子は十分見ただろ」と長谷部。

「でも、僕はまだ、ダボさんほどはメールしてませんし、ぶちギレメールも送ってませんし」

「だから何だよ？」長谷部が玉石をじろりとにらんだ。

「いや、だから、僕のほうはまだ可能性があるかなと」

長谷部はふっと失笑にも似た笑いを発した。

「それは自分がイケメンだからってことか？」

「そんなことは言ってませんよ」玉石が口を尖らせた。「客観的な状況を言ってるんです」

「何言ってんだ」覚本が冷ややかに口を挿んだ。「一週間経って、何の返事も来てないっていう状況は、みんな同じだぞ。タマケンがどれだけすかしてメールを待ってようと、ダボと何も変わらん」

「十通送ってる時点で、全然すかしてもいませんけどね」相馬が冷静に言う。「この状況で玉石くんだけ可能性ありっていうのは、ちょっと苦しいかな」

「いや、ちょっと待ってくださいよ」みんなに責められ、にわかに不安げな顔つきになりながらも、玉石は駄々っ子のように引かなかった。「本当に違うんですよ」

「何が違うんだよ？」

「何って、分かるじゃないですか！」

「分かんねえよ」「分からんな」「分かんないね」みんなが口をそろえて言った。

「僕には分かります！」玉石は訴えかけるように言った。「僕と彼女はもう、『絵里リン』『研ちゃん』と呼び合ったりしてたわけですよ！」

「俺も伊都ちゃんに『昇ちゃん』って呼ばれてたぞ」

長谷部が言うと、玉石は絶句したように唇を震わせた。先ほどまで見せていたわずかな余裕もすっかり失せ、目を泳がせながら、肩で息をし始めている。

「もう、やめましょうよ、こういうの」玉石は青ざめた顔をゆがめ、弱り切ったような声を出した。「悪いことばっかり考えても、いいことなんてないですよ」

「おい、タマケン、どうした？」

かろうじて何かに支えられていた自我が崩壊しかかっているような彼の姿を見て、覚本は思わず声をかけた。玉石はそれに答えようとせず、必死に自分の中の何かと闘っている様子だった。

「あんなお人形みたいな顔して、無邪気な性格で……二十五でまだ男と付き合ったことがないなんて言ってるんですよ。あの子は地上に舞い降りた天使ですよ。一生に一度、あるかないかの出会いですよ。簡単にあきらめられるわけないじゃないですか。せめて、ダボさんと同じ、三十回メールするまで、僕にチャンスをくださいよ」

「タマケン、落ち着けよ」今度は長谷部がなだめている。

「それが許されないんだったら、僕を殺して、この苦しみから解放してください」玉石は目を潤ませ、洟《はな》を光らせながら言う。「彼女の心を射止められないなら、僕がどれだけイケメンだろうと、意味なんてありませんよ」

「あぁ、自分でイケメンって言っちゃった」相馬が可哀想な人間を見るように言った。悄然としていた玉石が、きっと目を剝いて相馬に嚙みついた。「君だって、慶応だとか何とか、えばって言ってるだろ！」

「いや、だって、それは事実だから」相馬はそう返してから失笑した。「さすがに僕も、自分がエリートだとか馬鹿なことは言わないよ」

「今言ったじゃないか！」玉石は言いがかりをつけるように言った。

「やめろ、見苦しいぞ」玉石の崩れぶりを見て、すっかり我に返った様子の長谷部がたしなめた。

「タマケンは見かけ倒しの上に、打たれ弱いなぁ」

覚本が呆れ気味に言うと、玉石はいっそう顔をゆがめた。

「僕はあの子の澄んだ瞳をもう少し信じたいだけなんですよ。西崎だってとやかく言ってましたけど、あの汚れを知らない目を見てないから、勝手なことが言えるだけですよ」

「西崎さんが何か言ってたのか？」

「言ってましたね」玉石がむすっとして言う。「四人が四人とも理想の相手が見つかって、そのまま付き合えるなんてことがあるはずないって……どうせ『東銀座の歓喜』じゃなくて『東銀座のぬか喜び』だって」

「うーん」長谷部がうなった。冷静に考えれば確かにそうだなと言いたげでもある。

「でも、そんなこと言ったら、奇跡って言葉は何のためにあるのかってことですよ。こんなこともありえないって言うなら、奇跡なんて言葉、世の中にいらないじゃないですか。ねえ？」

その理屈は明らかに苦しいので、誰も返事をしなかった。

「あの会を見てないから、そんなことが言えるだけなんですよ」玉石は憤るように続けた。「その子たちの間で、誰が一番早く相手の男の頭にネクタイを巻かせられるかっていうゲームでもしてたんじゃないのとか……そんな馬鹿馬鹿しいこと言うんですよ」

心の中でぎくりとする部分があり、覚本は思わず長谷部と顔を見合わせた。頭にネクタイを巻いて浮かれていたあの日の自分が脳裏によみがえってきた。

「ははは、まさかな……」

「ははは、そうだよな……」

不都合なことから目を背けようとする本能が働き、覚本と長谷部の間で乾いた空笑いが響いた。

「でもですね」相馬が冷徹に言った。「正直言うと、僕の同僚たちも、〝銀河系軍団〟との合コン後は、これと同じ状態だったんですよねえ」

「何だと？」

「いや、ネクタイを頭に巻いたかどうかまでは聞いてませんけど、歯が立たなかったっていうのは、結局、連絡が取れなくなったっていうことで、彼らもかなり精神的にやられたらしいんですよ。でも、僕らのことを紹介するときだけは連絡がついたっていうんだから、訳分かんないですよね」

「うーん」思案顔になっていた長谷部が覚本に目を向けた。「覚本、お前ちょっと、彩芽さんにメールしてみろ」

「え？」

「見たところ、あの子がリーダー格だろ。いいか、こう打て。『実は知り合いの漫画家数人が、この前の僕たちの合コンの話を聞いて、ぜひ彩芽さんたちとご一緒したいと言ってるんですが、いかがでしょうか？』ってな」

「そんなんで、返事が来るのか？」

「分からん。やってみろ」

覚本も長谷部ほどではないが、まったくメールの返事が来ないのが気になり、仕事にまで差し障ってくる気がしてきたので、「とにかく一度、連絡をくれ」と苛立ち半分に何度か送っている。それでも、何の返事も寄越さなかった相手だ。

しかし、このまま何もしなくても、やはり気になるのには変わりがない。覚本は携帯電話を取り出すと、長谷部に言われたような文面を打って送信してみた。

「まあ、ひとまず落ち着こう」覚本はメールを送信し終えた携帯電話を置いて言った。

「そうだな」長谷部も一つ息をつき、メニューを手に取った。「何か食い物でも頼むか」

気分を変えながらみんなでメニューを眺めていると、不意に覚本の携帯電話が鳴った。

「うっ⁉」

みんなが信じられないものを見るような目をして、覚本の携帯電話を見つめていた。三分も経たないうちに彩芽からの返信が届いたのだから、それも当然だった。

覚本が携帯電話を手に取って開くと、ほかの三人が一斉に覗きこんできた。

わーい♪ヽ(^o^)丿

ご紹介ありがとうございまーす‼

すっごく興味がありますので、よかったら詳しいこと教えてくださーい‼

「ざけんな、〝銀河系軍団〟っ‼」

長谷部が覚本の携帯電話をつかみ取って、床にたたきつけた。

4

土屋が二誌の編集長の江川や島谷を伴って優の仕事場を訪れた次の週の締め切り明け、優は土屋と待ち合わせて、汐留の高層ホテルにあるフレンチレストランで食事をした。土屋は鮨でもつまみたいなと言っていたが、優としてはシャンパングラスを合わせたい気分だったので、わがままを聞いてもらった。カウンターで肩を並べるのでなく、向かい合って話をしたかった。

「この前は悪かったな」

シャンパンからワインに切り替え、その香りを楽しむように飲んでいた土屋がワイングラスを下ろして言った。

「なかなかああいう席も難しいもんだ。優にどんな口を利いたらいいかとか悩むしな」

土屋はフォアグラにナイフを入れながら苦笑いしてみせた。

「会社を背負ってる手前、嫌でも言わなきゃいけないことも出てくる。言葉には気をつけたつもりだったが、不愉快に思ったところがあったら許してくれよ。ただな、『おちゃのこ』を軽く考えて言った話じゃないってことは分かってほしいんだ。もしそう考えてるやつがいたら、優が怒る前に、俺が殴りつけてる」

優が表情や言葉の端々に覗かせた不満を見逃すことなくキャッチし、その根を残さないようにフォローで一掃してみせる。土屋はこの十数年で何度も見せてきた心憎い一面を、今日もまた惜しげなく披露してきた。神経の行き届いた詫びの言葉と、不器用さに人懐っこさを合わせたような苦笑い。それらに触れると、優は自分の中にあった荒い風が急速に勢いを消し、感情の水面が凪いでいくのを感じざるをえなくなる。そうやって、長い間、この男との関係は続いてきた。

「偉くなると大変ね」

皮肉をこめたつもりはなかったが、土屋はちくりと刺されたように、頬を少しだけゆがめた。

あるいは優の無感情さに違和感を持ったのかもしれなかった。

「別に偉くなんかないさ。編集長をやってた頃のほうが偉い気でいたな。『フロンティア』の部数がすべてだったから、怖いもんなしってやつだ」そう言って、土屋は笑う。

「それで私の原稿料を上げすぎた？」優は意地悪く言ってみる。「格好つけちゃったわね」

土屋は鼻から息を抜くように笑った。「そのつけが今になって回ってきたって言いたいか？　そんなことはない。あの頃はそれでよかったんだ。けれど、それがいつまでも続くというのも違う」

「そうね」優はフォークの手を止めて、静かに言った。「永遠に続くものなんてないわよね」

土屋は優を一瞥し、顔色を見るような数秒を挿んだあと、引きつり気味の笑みを浮かべた。

「今日のその服、似合うな」

何かをごまかすように、彼は優のドレスに話を向けた。

「そう？」優はとぼけてみる。

「ああ、きれいだ」

「この服、初めてじゃないわよ」

「そうか……言われてみれば、見憶えがあるな」

「けっこう古い服」

「古い？」

「十年以上前かな」

「そんなに？」土屋はそう言ったあと、思い当たったようにほくそ笑んだ。「分かった。漫画賞のときのだな」

「そう」

「たまに着るのか？」

「ううん……気が向いて出してみた」

「そうか……でも、物持ちがいいんだな」

「それだけ体形を維持できてるってとこを褒めてよ」

「そっか、そう褒めなきゃ駄目だったか」土屋はそう言って、おかしそうに笑った。「俺もまだまだだな」

それから、漫画賞を受賞した当時の思い出を語り合いながら、かぼちゃのスープや真鯛のポワレなどを口にした。そして、フィレ肉のステーキが出てきた頃に会話が一段落つくと、優はぽつりと言った。

「今日は部屋取ってないわよ」

食事は土屋、ホテルの部屋はそこに泊まる優が取っておくというのが、申し合わせもないままに何となく成立していた二人の決まりごとだった。しかし、ナイフを止めて顔を上げた土屋は、物分かりよさそうに二度ほどうなずいた。

「いいよ。気が乗らないのに無理することはない。俺が悪いんだ」

「もうやめにした」

優の言葉の意味を測りかねるように、土屋は眉をひそめた。

「……終わりにしましょう」

その言葉は危険なほど冷たく、優は胸に仕舞っていた間、ずっと持て余していた。しかし、思い切って口を動かすと、造作なくこぼれ出てきて、何だか現実でない気もした。

「終わりにするって？」

「別れましょうってこと」優ははっきりと言った。

「おい……そんなに怒ってんのか？」

土屋の口調には可哀想なほどの戸惑いがにじんでいた。

「怒ってるとか怒ってないとかってことじゃないの」

「じゃあ、何だ？」

「何だって……あなたとは一緒になれないから」優は土屋を見て、吐息混じりに続けた。「決まってるじゃない」

「それは何とかするって前から言ってるだろ。俺もこのままでいいとは思ってないよ。ただ、今はまだ娘も学生だしだな……」

「ねえ」優は首を振った。「ここまで引っ張ってきたんだから、最後くらい、私のわがままを聞いて。私だって適当に言ってるわけじゃない。だから、何も言わずに『分かった』って言ってほしいの。あなたらしく、格好つけて別れましょう」

土屋は優を見つめたまま、言葉を失ったようだった。そのまま沈黙が二人を包んだ。

土屋は食欲など消え失せたかのように、フォークとナイフから手を離してしまっている。それを尻目に、優はステーキを切り分け、黙々と口に運んだ。人はこの光景を見てどう思うのだろう。相手の男を失意のどん底にたたき落として、のうのうと食事を続ける冷淡な女か……そんなことをふと考えて、こっけいな気持ちになる。

けれど優も、口に入れたフィレ肉の味はまったく分からなかった。

「そうだな……分かった」

何分か続いた沈黙を破って、土屋がため息とともにそう言った。

「分かったよ」

自分を納得させるように、彼はもう一度言った。そうしてワイングラスを手に取り、それにぼんやりとした目を落とした。

「本当はもっと早く駄目になると思ってた」

そのかすれたような声に、優は彼の胸奥《きょうおう》を見た。

「せいぜい二年とか三年とかな」

優は口もとを和らげ、静かに言った。「やっと本音が聞けたわね」

「でも、俺からは終わらせられなかった」土屋はそう言って、かすかに苦そうな顔をした。「悪いことをしたな」

「謝らないでいい」優は小さく首を振った。「後悔はしてないから」

「そうか……」

優はうなずいて、ワインを飲み干した。

「でも、あの頃の私に声をかけられるなら、やめときなさいって言うかもね。今感じてる孤独より、十五年後に感じてる孤独のほうがつらいからって」

十五年前の自分を探していると、ワインが胸の中で熱を持ち、目頭を熱く溶かそうとした。

「けど、やっぱり、言うこと聞かないだろうな……」

優はこみ上げてきたものに抗し切れず、顔を覆って、手のひらを涙で濡らした。

5

〈はい、〔ジュヌセクワ〕表参道店です〉

「もしもし、お忙しいところ恐れ入ります。私、『コミックエンデバー』編集部の玉石と申しますが、平山丈志さんはいらっしゃいますでしょうか?」

玉石は創刊前だというのに早くも書類が三方に積み上がりつつある自分のデスクを前にして背

中を丸め、祈るような気持ちでカリスマ美容師への取り次ぎを頼んだ。

しばらくして女性の声が返ってきた。

〈申し訳ございません。ただ今平山は接客中でして、電話には出られないのですが〉

「そうですか」玉石はため息混じりに応えた。「いつ頃ならお出になれるんでしょうか？」

〈さあ……予約が立てこんでますので、どうでしょうか。ちょっと分かりかねますけど〉

「こちら、営業時間が終わると、電話は自動応答に切り替わりますよね？」

〈ええ〉

「あの時間はどうしたらそちらにつながりますか？」

〈店の電話はそれだけですので、どうしたらと言われましても……〉

「緊急の場合とかは？」

〈それはもう、各自の携帯に電話するしかないと思いますが〉

「なるほど……ちなみに平山さんの携帯番号っていうのは、教えていただくことはできないんでしょうか？」

〈それはちょっと、平山本人でないと……〉

「そうですよね」

電話を切ると、玉石は大きくため息をついて机に伏せた。

「最近ため息多すぎ。こっちまで気が滅入るからやめてくれない？」隣の西崎綾子が言う。

「うるせえ」

綾子の顔には、言葉とは裏腹に、含みのある笑みが覗いていた。

「〝東銀座のぬか喜び〟から絶不調だね」

「うるせえ」

綾子は玉石たちの合コンの顚末がよほどおかしいらしい。

「『タマケンが壊れた』って覚本さんが心配してたわよ」

「壊れたのは覚さんの携帯だよ」玉石はふて気味に言う。「もうその話はすんな。笑い話じゃないんだ」

笑いをこらえるように口を押さえていた綾子も、玉石の苛立ちの本気度を読み取ったのか、やがて話を変えてきた。

「『ｙａｎｙａｎ』の大田さんから桑原朱里《くわはらじゅり》ちゃんに橋渡しをお願いしてもらうんじゃなかったの？」

「それが、大田さんが訊いたら、朱里ちゃんも今はまったく切れてるんだってさ。それどころか、一度撮影のヘアメイクで絡んだときに、かなり強引に髪をいじられたことがあったらしくて、それ以来、もう頼まないようにしてるっていうから、全然望みがないんだよ。ひいきも多いけど、けっこう俺さまなキャラらしくて、アンチも多いみたいなんだよな」

「有働さんと似てるんじゃない？　だから有働さんもこだわるんだよ」

美容界の有働春人ねと、綾子は無責任な口調で言った。

平山丈志の経歴を調べていたら、文格社で出しているファッション雑誌「ｙａｎｙａｎ」の専属モデルを務める桑原朱里のカットを担当していたこともあったと分かり、玉石は「ｙａｎｙａｎ」編集部の大田という男を通して、桑原朱里に平山への口利きを頼もうとしたのだが、あっけなく空振りに終わってしまったのだった。

こつこつ電話をかけてはいるが、最初の電話で本人に断られて以来、電話口に出てもくれなくなってしまったので、正面突破はかなり厳しいと言わざるをえない。つてを当たるしかないのだが、それもなかなか難しいのが現実だった。

「お客さんとして行ってみたら？」綾子が言う。

「駄目。新規は紹介客しか受けつけないらしい」

「さすがカリスマ美容師ね」

「はあ」ため息などつきたくはないが、無意識についてしまう。「有働さんとこ、行ってこなきゃ」

「好きねえ」

「何が『好きねえ』だよ？」

「焼肉とキャバクラ」

「好きで行ってるんじゃねえよ。そのコースを想像しただけで胃がもやもやしてくるこの不快感をお前にも味わわせてやりたいよ」

「そろそろ編集長からお咎めくるわよ」

「とっくにきてるよ」

かねてからの雑誌不況で、他誌も作家への接待経費は圧縮傾向だが、新雑誌の「エンデバー」編集部は特にその方針が徹底されている。基本、キャバクラなどの接待は編集長や副編集長の同席がない限り認められていない。ただ、有働は新雑誌の看板作家であり、しかも編集者が気を回して誘うわけでなく、有働の強い要望として行くのが現状なので、編集長にも特例として認めてもらっている。

しかし、そうやって毎週のように特別扱いを黙認していても、ネームさえ上がってこない状況なのだから、編集長も「何やってるんだ」と言いたくもなるのだろう。このところ、顔を合わせるとそんな言葉が飛んでくるので、うかつに近づくこともできなくなった。

今日こそはネームができていればいいが……。

玉石は夕方の街に出て地下鉄に乗り、有働が住んでいる代々木の高層マンションに向かった。

「どうよ、平山丈志は？」

玉石をリビングに通した有働がざっくばらんな口調で問いかけてくる。家の中でもニット帽をかぶり、口ひげを生やしてストリート系のファッションに身を包んでいる様は、漫画家というよりラッパーの風体である。高校時代はボクシングをやっていたらしく、顔つきもいかつい。玉石より二つほど年下だが、そう感じさせるような可愛げはまったくない。

しかし、その怖いものなしの雰囲気は作品にもそのまま映し出されていて、異様な疾走感と読者を引きこむ力は、凡百の作家には真似ができないものを持っている。いい作家はいい人間である必要はないという好例の一人である。

「すいません、今日もちょっと連絡が取れなくて……」

「あ？」

有働は険悪な声を立てて玉石を短くにらむと、次いで舌打ちをしてソファに座りこんだ。

「あのさぁ、玉ちゃん、毎日毎日電話してもつながんないのに、それをただ続けてらちがあくと思ってんの？」

「いや、もちろん、それをやってるだけじゃなくて、いろいろ考えてるんですけど、桑原朱里の線が駄目だったみたいに、なかなか難しいんですよ」

「だから、桑原朱里をここに連れてこいよ。俺が頼んでやるよ」

それは単に桑原朱里に会いたいだけだろうと思いつつ、玉石は無論、口に出しては言えなかった。

「いや、本当、桑原朱里は無理なんですよ。トラブルがあって、相当嫌ってるらしいんで。一番仲がいい編集者が頼んでも駄目なんですから」

だった。

「じゃあ、どうすんだよ。駄目だの無理だの、あんたそればっかじゃん」

平山丈志以前は、ほかのカリスマ美容師へのインタビューやコンテストの見学など、けっこうな数の取材をセッティングしてきたのだが、そんなことはもう忘れてしまったかのような言い方だった。

「何とか粘り強く交渉してみますんで、もう少し待ってください」玉石はなだめるように言う。「ただ、それはそれとして、雑誌の創刊は待ったなしなんですよ。もうそろそろネームを上げて、原稿に入ってもらわないと厳しくなってくるんじゃないかと思うんですよね。創刊号は巻頭カラー三十六ページなんですから」

「やってるっての」有働は面倒くさそうに言った。「俺はがんばってやろうとしてるのに、玉ちゃんが来るたび、俺のテンションを落としてくれるんじゃねえの」

地味にボディにダメージが残るような嫌味だ。実際、気のせいか胃に鈍痛を感じた。

負けずに玉石も食い下がる。

「ネーム、できた分だけでも見せてもらえませんかね？」

「そんな一部だけ見てどうすんの？」有働は冷ややかな笑みで一蹴した。「そんなんでいいの悪いの言われたらたまんないよ。ただでさえテンション落ちてんのに、下手したらこれ以上進まなくなっちゃうよ」

彼は身を乗り出し、「それでも見る？」と据わった目で訊いてきた。

「いや、それは無理にとは言いませんけど……」

「まあ、二、三日中には何とかすっから、心配すんなよ」有働は再びソファの背もたれに身体を預け、表情を緩めた。「でも今日は駄目だ。テンションも上がんねえし。てか、腹減ったよ。ちょっと街に出ようぜ」

玉石は頬をゆがめた。「あの、ご飯をお供するのはもちろん構わないですけど、今日はちょっと、そのあとは帰って仕事の続きをということでお願いしていいですか？」

「は？　今日はテンション上がんないって言ってんじゃん」

「それは聞きましたけど、正直言って、キャバクラとかが何回も続くとなると、さすがに領収書が通りにくいんですよね。基本うちではNGとされてるんで」

「誰が言ってんだよ？」有働は目を細めて、不機嫌そうな声を発した。「編集長か？　俺が言っといてやるよ。てか、何か俺がたかってるような言い方するけど、ちゃんとこっちが持ったときもあったの忘れてないよね？　五分じゃないの？」

確かに一度、玉石が同席しながら、有働が支払いを持ったことがあった。彼の指名するキャバクラ嬢が誕生日だとかで、ドンペリのピンクだのゴールドだのを有働がポンポン開け、結果、支払い金額が五十万を超えてしまった。途中から支払いのことが気になって酔うこともできなかった玉石は、伝票を受け取ってその金額を見たとたん過呼吸を起こしかけたが、その夜はたいそうご機嫌だった有働が指名嬢へのポーズもあったのだろう、玉石から伝票を取り上げて気前よく支払った。領収書を日付なしで何枚に分けてもらえばいいかなどと頭を混乱させていた玉石が、それで胸を撫で下ろしたのは事実である。

しかし、よくよく考えれば、あんな飲み方をしたからには、有働が支払うのは当然のことではないか。それを、奢《おご》ってやったように言われてもまったく釈然としない。

第一、経費云々の問題を抜きにしても、有働の酒席に付き合うのは気が進まないのだ。とにかく酒癖が悪い。酔うとあたり構わず大声でわめき散らすから、周りの客から白い目で見られるのは毎度のことである。柄の悪そうな客と一触即発の危ない雰囲気になったことも当然ある。懸命に頭を下げて事を収めるのは玉石の役目だ。

指名嬢は店のナンバーワンで忙しい上、有働のことを避けているのか、彼の隣になかなか付こうとしない。自然、有働は不機嫌になり、玉石が変に気を遣わなくてはいけなくなる。三十をすぎたこの歳になって座持ちのためにピッチャーで一気飲みなどという真似をさせられ、店のトイレで涙目になってえずいていると、本当に哀しくなってくる。

けれど、もちろん逃げるわけにはいかない。西崎綾子が田崎五郎の担当を難なくこなしたときにある種の凄みを彼女に対して感じたように、扱いの難しさで知られる有働の担当を自分がこなせば、それだけ周りから評価されるのは分かっている。作品がヒットすればなおさらだ。編集者としてはチャンスであり正念場なのである。

「分かりました」玉石は有働に気づかれないくらいの小さなため息をついてから言った。「じゃあ、ちょっとだけお付き合いしますよ」

「つまんないこと言うなって」有働はニヤリとして立ち上がった。「編集者が作家の勢い殺すようなこと言ってんじゃねえよ。今日はとことん飲《や》るぞ、とことん！」

次の日、玉石はまったく使い物にならない状態で、夕方まで自宅マンションのベッドの上にいた。

携帯電話が鳴っているのに気づき、やっとのことでそれを耳に持っていった。

〈タマケン、何だよお前、何度もメールしてんのによ。お前も〝銀河系軍団〟にでもなったつもりか？〉長谷部の声が耳に響いた。

「すいません……昨日の付き合いで遅くまで飲んじゃったもんですから」

〈合コンか？〉

「そんなわけないでしょ。この声聞けば分かるでしょ」

〈覚本も連絡取れねえんだ。一緒だったか？〉

「いえ……てか、覚さん、携帯壊れてるでしょ」

〈何だよ、まだあいつ新しいの買ってないのか？〉

いや、あんたが弁償すべきなんじゃないのかと言いたかったが、面倒くさいのでやめた。

「家電に出なかったら、この前のファミレスじゃないですか……たぶん」

〈よし、じゃあ、タマケンも来い〉

「え……？」

〈次だよ、次。俺たちはもう、進み続けるしかないんだよ。次の計画立てるぞ〉

そうだな……体調は最悪だったが、その言葉には何とか応じたい気持ちのほうが強かった。

長谷部には取り立てて信頼感も敬意も湧かない。しかし、彼が目指そうとしている場所には、自分のオアシスもあるような気がした。


相馬も電話でつかまり、吉祥寺駅で待ち合わせて三人でファミレスを覗いてみたところ、覚本は案の定、奥の席でカレーライスを食べながら仕事をしていた。右手にペン、左手にスプーンを持って、執筆に集中している。時折、思い出したように左手のスプーンでカレーをすくい、口に運ぶ。仕事にいれこんでいるときの覚本のスタイルでもある。

「何だよ、仕事中だぞ」

覚本は三人を認めると、遠慮なしに顔をしかめた。

「食事中だろ」長谷部もまったくはばかることなく覚本の向かいに座った。「それより早く携帯買えよ。不便だろ」

「お前が買ってくるのを待ってんだよ！」覚本は立ち上がらんばかりにして声を上げた。

「いつまでも過去にこだわってちゃ駄目なんだよ」長谷部は強引な理屈で自分の責任を回避した。

「俺たちは先に進むべきなんだ」

「うわ、これネームですか？」相馬が覚本の手もとを覗きこんで訊く。「めっちゃ丁寧に描くんですねえ」

「何でネームをこんな丁寧に描かなきゃいけないんだ」覚本は絡む矛先を相馬に向けた。「俺は暇人か」

「それは下描きだよ」仕方なく玉石が説明してやる。「覚さんはそういうコピー用紙に下描きして、ライトボックスでペン入れすんの」

「はあ……合理的なのかそうでないのか、よく分かんないやり方ですね」相馬はそう言ってから、また覚本に訊いた。「で、僕の仕事はどれですか？」

「タマケンの話を聞いただろ」覚本は突き放すように言った。「ペン入れはこれを原稿にトレースするんだから、君がやるような消しゴムかけの仕事はない」

「何言っちゃってるんですか」相馬は覚本の冷たい反応など、まったく意に介していないように笑った。「ここの摩天楼みたいな風景、僕がやりますよ」

「しかし、覚さんは順調そうですねえ」

玉石は思わずそんな言葉を独り言のようにこぼしていた。

「順調なもんか」覚本が言う。「初回は三十ページだぞ。しかも〝銀河系〟に振り回されて、予定より二日は遅れてる」

それが普通の感覚だろうなと玉石は思う。巻頭カラー三十六ページなのに、まだネームもできていないほうがおかしいのだ。

今日、このあと、有働を訪ねてみようか。二日連続でつつけば、さすがの有働もそろそろエンジンをかけなければいけないと思ってくれるんじゃないか……そんなふうに考えてみるものの、大きな抵抗感が自分の中に存在するのも無視できなかった。

何より、身体が動きそうにない。心理的なものか深酒によるものかは分からないが、焼肉、キャバクラ、アフターと、八時間付き合った暴飲暴食から身体はまったく回復しておらず、胸から胃にかけては、まだオーバーヒートを起こしたままだった。この集まりだから、何とか来る気になっただけで、あまりの気分の悪さにほとんど猫背でしかいられない。

長谷部や相馬はご飯ものを頼んだが、玉石は紅茶だけにした。

「仕事の話なんてどうでもいいことはあとだ」長谷部はそれが正論であるかのように言った。「何度でも言うように、俺たちに大事なのは次に進むことだからな」

「勝手にやれとは言わん。だけど、やるのは初回の原稿が上がってからにしろ」

ぶっきらぼうな口調ながらも覚本が微妙な心情を覗かせ、長谷部などは、もう戻れないぞと言いたげな含み笑いを見せていた。覚本も〝銀河系軍団〟に翻弄されたダメージは浅くなく、オアシスを目指して進むことに異論はないのだ。

「相馬くん、〝銀河系〟のほかにも、目ぼしい相手はいるのか?」長谷部が訊く。

「うーん」相馬はうなり気味に答えた。「同僚に紹介できそうなグループをいくつか挙げてもらったんですけどね、お勧めかどうかは別問題らしいんですよね」

「別問題?」

「ニュアンス的には、紹介してもいいけど、あとで文句言うなよって感じです」

「そんないまいちなのか? それは〝銀河系〟と比べたらってことだろ?」

「そうですねえ……でも、異名からして大丈夫かって心配になるようなグループではあるんですよね」

「また異名が付いてんのか?」長谷部が眉をひそめた。「今度は何軍団だ?」

「一つは〝恵比寿の赤い悪魔〟っていうらしいんですけどね」

「悪魔?」長谷部が思わずというように高い声を上げた。「おいおい、そんなの女の子のユニットに付ける名前じゃないだろ。どんなグループなんだよ?」

「真っ赤なワンピースを着た子がいたんですって」

「赤い服を着てるだけで〝赤い悪魔〟かよ」長谷部は笑った。「〝赤い小悪魔〟って言ってやれよ」

「いえ、その子は酔っ払うと、自分の石頭を自慢するらしいんですよ」相馬は怯えるような顔をして続けた。「それで男性陣に頭突きを見舞って、一人、眉間を切って流血した被害者が出たっていう……」

「本当に悪魔じゃねえか!」

「よし、俺はいいから、お前ら勝手に行ってこい」覚本が前言を翻した。

「俺もそんなのは願い下げだ」長谷部が言う。「ほかはないのか？」

「〝西麻布の不屈のライオン〟っていうのがいます」

「悪魔の次はライオンかよ」長谷部が呆れている。

「これが本当にへこたれない連中で、こっちがタイプじゃないってことをけっこうあからさまに言っても、とにかくしつこくメアドを訊いてくるらしいんですよ。それでひとたび教えてしまったら、弱味を見せたかのように、怒濤のメール攻撃にさらされるとか……」

「そう向こうから、がつがつこられるのもかなわんな」長谷部ががげんなりした顔をして言った。

「可愛けりゃともかく、それはどう考えても、そうじゃなさそうだしな」

「まあ、そうですよねえ」

長谷部と相馬があぁでもないこうでもないと盛り上がっている一方、玉石はだんだんそれどころではなくなってきて、ちょっとまずいなと思い始めていた。具合が悪すぎる。腹の鈍痛が激しくなり、うめき声を上げたい気分だった。

「あと、ほかは？」と長谷部。

「あとはですね、詳しくは聞いてないんですけど、〝日本橋カナリア軍団〟ていうのがいるそうです」

「お、それよさそうじゃないか。声がきれいなエレベーターガールとか想像しちゃうぞ。まさか、黄色い服着てるだけで付いた名前じゃないだろ」

「うーん、どうなんですかね……同僚の口調だと、そんなにお勧めでもなさそうな感じではありましたけど」

「でも、〝赤い悪魔〟や〝不屈のライオン〟よりはいいだろ……なあ、タマケン？」

「う、あ……」

自分に振られたのは聞こえたが、玉石に愛想よく返事をする余裕はなかった。

「おい、どうした？」長谷部が怪訝そうに訊く。

「すいません……」玉石は、自分がもはや立てそうにもないのを悟って言った。「ちょっと……救急車呼んでもらえませんか」

「何だよ、どうした？」

「何か……駄目みたいです」

玉石は息も絶え絶えに言い、自分の携帯電話を出して何とか１１９を押すと、それを長谷部に渡してテーブルに突っ伏した。

6

「こんばんは〜」

奈留美が待ち合わせ場所に指定されていた西麻布の交差点に着くと、関口美鈴がメンバーの女性たち三人と一緒に待っていた。

「お、いいわねえ」

美鈴が奈留美のファッションを上から下まで目で追い、気合の入り具合を評価するように言った。その美鈴もコートの下からフリルの付いたスカートが覗いている。

「何かドキドキしますねっ」奈留美は自分の気持ちそのままに言った。

美鈴に誘われ、彼女が参加する合コンに混ぜてもらうことになった。ほかの女の子も、ヌエのサイトのオフ会で知り合ったメンバー……恋愛塾の塾生らしい。

「そのドキドキが大事よ」美鈴はニヤリとして言った。「『ドキドキは恋のウォーミングアップ』ってヌエさんの言葉」

「見ました」奈留美は笑ってうなずく。

ドキドキしているときは恋に陥りやすい精神状態のときでもあるから、そのドキドキを大切にして自分を恋愛体質にしておけという教えである。

「でもすいません、飛び入りで混ぜてもらって」

「いいのよ。相手だって女の子が多いほうが喜ぶんだから」美鈴はでんと構えて言い、それからいたずらっぽく微笑んだ。「お互いに気遣いは無用よ。自分が幸せになることを考えてればいいの。私たちは羊の皮をかぶった狼だからね」

羊の皮というよりは、美鈴の場合など、もう少し似合った動物がいそうだけれど……などと余計なことを考えていると、女の子の一人が、「狼じゃないでしょ」と口を挿んできた。

「私たちはライオン」

「そうそう」美鈴が口をにんまりとさせて言う。「ライオンね」

「ライオン……」

謎をかけられたようでもあり、奈留美は軽く首をかしげた。

「私たちは合コン相手から、〝不屈のライオン〟なんて呼ばれたりしてんのよ」

「不屈の……？」奈留美はおかしくなり、苦笑を通り越した笑い声を立ててしまった。「あはは、何かすごそう」

「奈留美ちゃんも今日はそのメンバーよ」美鈴は眉を動かして言った。「狙った獲物は逃さないように」

「はいっ！」

奈留美はいよいよ楽しい気分になり、軽快に返事をした。

7

隣のベッドが静かだから寝ているのかと思ったが、くすくす笑い声が聞こえるので半開きのカーテンの隙間から覗いてみた。小学二年生の孝太《こうた》少年は、点滴をつけたまま漫画を読んでいるようだった。

漫画はどうやら「おちゃのこさいさい」らしい。

「読む？」

孝太少年は、玉石の視線に気づいて、脇にあった別の一冊を差し出してきた。

「いや、いいよ」玉石は首を振った。「その漫画、面白いか？」

「うん」

子どもは屈託がないな……玉石はそんな姿を見て思う。

孝太少年はもう一カ月以上入院しているらしく、普通の大人なら滅入るものだが、子どもというのはそんな状況でも明るさがある。

「あとでまたゲームやるか？」

玉石の問いかけに、彼は「うん」とうなずきながら、目では漫画を追ってくすくす笑っている。

玉石はそんな彼の様子を微笑ましく眺めたあと、ふと意識を戻して、我が身の心配に立ち返った。

携帯電話を手にして、病室を出る。病棟のロビーにあるベンチに腰かけると、デスクの大内に連絡を入れてみた。

「玉石です。どうもお疲れさまです」

〈おう、どうだ具合は？〉いつもは厳しい大内が気遣うような言葉をかけてきた。

「おかげさまで明日には何とか退院できそうです」

〈おいおい、大丈夫か？〉大内は慌てたような声になった。〈穴が開《あ》いたんだろ？　ちゃんとふさがったのかよ？〉

「え、穴が開いたって誰から聞いたんですか？」

〈西崎からだよ。違うのか？〉

西崎綾子は今日こそまだ姿を見せていないが、玉石が入院したこの四日間に三度も見舞いに訪れていた。部内の様子を教えてくれ、また玉石の状態を上に報告してくれたようだったので、助かるには助かっていた。

ただ、玉石がＳＯＳのメールを送って田舎から飛んできた母が、彼女と鉢合わせし、「あの子なかなかいい子ね」と変に好感を持ってしまったのには閉口した。次の日再び会ったときには、「研司のことをこれからもよろしくお願いしますね」と、無理やり仲よくさせたがるようなことを言い出したので、玉石は気が休まらなくなり、もう大丈夫だからと適当に言って、母には帰ってもらった。

「開いたっていうか、正確には開きかけてたってことで、貫通はしてないんですよ。貫通してたら手術なんですけど、そこまでじゃなかったんで、とりあえず薬飲んで少し安静にしてれば、よくはなるらしいです」

綾子にちょっと大げさに話しすぎたかなと玉石は思った。救急車で運ばれたほどの病状の診断名が、ただの胃潰瘍と逆流性食道炎ではいまいちパンチに欠ける気がして、見舞いに来た綾子には「胃に穴が開いてぶっ壊れた」的なことを言ってしまっていた。

「穴が開いた」というのは確かに語弊があるかもしれないが、地球の裏側まで貫通していなくても地面の穴は穴であることを思えば、胃壁がただれたのも穴のうちだろうし、当たらずといえども遠からずのことを言ったつもりでいた。自覚症状からしても、それくらいの話は大げさでも何でもないと思っていた。ただ、綾子から伝え聞いた上の連中がどう思うかということまでは考えていなかった。

〈まあ、そういうことなら、不幸中の幸いかもしれねえな〉大内は言う。〈でも、会社に出られるのはまだ先だろ？〉

「いえ、退院したら、とりあえず顔を出しますよ」

〈安静にしてなきゃいけないんだろ？〉

「そうは言われましたけど、仕事をするなとは言われてないんで」

玉石が言うと、受話器の向こうで大内が誰かとやり取りしているような間が空き、それから、〈ちょっと、編集長と替わるから〉と告げられた。

〈お疲れ〉江川編集長の声に替わった。〈何？　もう退院するんだって？〉

「ええ、明日出られると思います」

〈まあ、気持ちは買うが、無理はいかんな。この際、あと一週間は休め〉

「そんな」玉石は軽く笑った。「この時期に一週間も無理ですよ」

そんなに休んだとしても、復帰後にいっそう無理をしなければならなくなるから、かえって恐ろしい。有働にも何を言われるか分かったものではない。

〈いや、もう今日決めたんだよ〉江川は淡々と言った。〈有働さんの担当はほかの人間に任せることにした。『フロンティア』から一人引っ張ってこれるんだ。向こうは『おちゃのこ』も抜けるしな〉

「え……？」玉石は絶句した。

〈それが最善だと思って決めたことなんだ。だからまあ、文句は言うな〉

「文句言うなって、今まで二人三脚でやってきて、これから創刊だっていうときに外されるんじゃ、誰だって納得いきませんよ」玉石は病棟内であるのも構わず、大きな声を出した。

〈言いたいことは分かるけどな、じゃあ、玉石の入院を聞いた有働さんが、『彼とは二人三脚でやってきた仲だから、復帰するまで俺は待ってるし、作品のことは任せてくれ』なんて言ってくれたかっていうとだな、これがまったく違うわけだ〉

「うっ……」

玉石はうなりながら、有働の反応を想像した。たぶん彼なら、「大事な時期に何やってんだよ」と玉石の身体をいたわることもなく吐き捨て、「俺の担当はタフじゃないと務まらないんだよ」と武勇伝のごとく自慢げに語ることくらいはしそうだ。もしかしたら、「どうでもいいけど、出てこれないなら、さっさと新しい編集者付けてくれねえかな」なんてことを言ったかもしれない。彼なら言いそうだ。

〈まあ、確かに大変だよ……彼の担当は〉江川は気遣うようなことを言ってきた。〈続けても、またいずれ無理がたたるときが来るだろうよ〉

そうかもしれないな……玉石は反論する気力も失せ、生返事しかできなかった。

〈とにかく、少し休め。復帰するときまでには、お前の新しい仕事も考えといてやるから〉

それにも生返事をすると、電話は冷たく切れた。

玉石は病室に戻り、白いベッドにだらしなく寝転がった。天井を見ながらため息をついた。

そんな、きつい仕事だったかな……？

有働に翻弄されることはあっても、何とか仕事としてはこなせていると思っていた。

一度ダウンしただけで、こいつにはもう能力がないみたいな目で見られなきゃいけないのか。

でも、ダウンしてしまったのは事実なのだから、自分では何も言えない。

すぐに立ち上がったつもりだったが……。

テクニカルノックアウトを食らったボクサーはこんな気分なのかもしれないな……玉石は有働のボクシング漫画「ハンマー」に描かれていた、主人公の対戦相手の姿を思い出していた。まだできると思っているのに身体が言うことを聞かず、レフリーに試合を止められた彼は、何とも切なげな目をしていたっけ……。

隣のベッドからは、まだ「おちゃのこさいさい」を読んでいるらしい孝太少年のくすくす笑う声が聞こえてきた。


玉石は退院したあと、二、三日は笹塚にあるマンションの自室でＤＶＤを観たりしながら静かな療養生活を送った。

胃の重さや鈍痛といったものは薬で和らげる目処がついたが、何やら胃のあたりに空気が溜まり、げっぷとして絶え間なく出していないとすっきりしないという妙な症状に悩まされるようになっていた。

「ぐあっ」「ぐえっ」「ぐおっ」

普通のげっぷとは違い、胃から絞り出すだけにものすごい音が鳴る。しかし、出しても出しても、すぐにげっぷの素が腹の中に溜まるのだ。身体が壊れるというのはこういうことなんだなと、玉石はうんざりした気分になった。

食べ物も、油のきついものは受けつけなくなった。焼肉はもちろん、ハンバーグやコロッケも、テレビでおいしそうに食べているのを観ているだけで嫌な気分になる。もうあんなつらい思いはしたくないだけに、当分、その手の食べ物は口にしたくなかった。シリコン容器に野菜を入れて電子レンジで蒸し、胃に優しいと言われる大根おろしやとろろなどと一緒に慎ましく食べた。

生活リズムも、五日間の入院生活ですっかり朝型になってしまい、夜は十時のニュース番組を観ているうちにまぶたが重くなり、朝はここ十年徹夜明けでしか起きていなかった六時前という時間に目を覚ますようになってしまった。

そんなロハスな生活を送っていたある日、長谷部から電話がかかってきた。

〈タマケン、胃のほうはもう大丈夫か？〉

「そんな簡単にはよくならないですよ。会社のほうにも今週いっぱいは休むように言われてるくらいで、とにかく家でゆっくりしてる感じです」

〈そうか、じゃあ、ちょうどいい〉長谷部は言った。〈例の〝カナリア軍団〟にオファー出したら、向こうも乗り気で、明日合コンすることになったんだ。タマケンも来い〉

「もしもし？　今の僕の話を聞きました？　会社休んでるんですよ。それで合コンなんか行けるわけないじゃないですか」

〈何だよ、暇なんだろ？　こっちは覚本も原稿のペン入れに入るから、行かないって言いやがってんだよ〉

「知りませんよ。とにかく、ただでさえドロップアウトしかかってるのに、会社休んで合コン行ってるなんてことがばれたら、僕の編集者人生は終わりますからね。無理です！」

〈何だよ、誰が救急車呼んでやったと思ってんだよ〉

長谷部は無理やり恩に着せるようなことを言ってきたが、さすがに聞けない話だった。

翌週から会社に出るつもりだったが、その週の金曜日、胃の重さが外出できる程度には取れていたので、夕方近くになったところで編集部に顔を出してみた。

「おい、何だ、休めって言ってるだろ」

顔を合わせるなり大内デスクにそう言われたが、玉石は「いえ、メールの整理だけです」と応えて、目立たないように身体を丸めながら自分の席に着いた。

「そうそう、『シザーキング』の資料、机の上からもらってったからな」

「はいはい」

担当替えはすでに聞いているので、机の上がその分だけすっきりしていても驚きはしなかった。

パソコンを立ち上げていると、隣の席の西崎綾子が軽く椅子を寄せてきた。

「調子どうなの？」

「ぐえっ」玉石は答える代わりにげっぷを絞り出した。

「何、それ？」綾子はびっくりしたように玉石を見ている。

「こんな感じ」

玉石はそう言って、もう一度げっぷを出してみせた。

そう言えば、彼女に見舞いの礼を言っていなかったなと気づいた。

「あの、悪かったな、見舞いとか来てくれて」

玉石が何となく言いにくい思いをしながら口にすると、綾子は「ああ、うん……」と向こうも決まり悪そうに応えた。

「おふくろがお礼に何か買って持ってけって、金を置いてったんだけどさ……」

「いいよ、そんなの」

「いいよな？」

「うん」綾子は笑って言い、それから小さな声を出した。「本当はもう一回行こうと思ってたんだけど、編集長の電話聞いちゃってさ……」

「そんな気を遣ってもらうほどには落ちこんでねえよ」玉石は強がるように言ってから、少し声を落とした。「有働さんの新しい担当、誰になったの？」

「川俣さん」

「川俣さんかぁ……」

川俣直樹は中途採用組で、「フロンティア」の編集部に入ってからまだ三、四年ほどだが、歳は玉石より一つ上だ。漫画編集のキャリアは浅いものの、大手メーカーの宣伝部にいたという経歴は、玉石のようなプロパーからすると、ほかの世界を知っているたくましさを感じさせ、また事実、はたから見ていても仕事の勘がいい男であった。

ただ、そうは言っても、編集の仕事においては、まだまだ負けていないという思いが玉石にはある。

「どうかなあ、川俣さんでも有働さんの担当はなかなか厳しいと思うけど」

川俣の姿がないのを確認してから、そんなことを口にしてみる。

「でも、平山丈志のアポは取れたみたいよ」綾子が言う。

「は？」玉石は耳を疑った。

「電広堂にＣＭプランナーの友達がいて、その人がＣＭタレントのヘアメイクを頼んだりする関係で平山丈志とも知り合いなんですって。そのつてで、あっさりアポが取れたって」

「何だよそれ……」玉石はやり場のない怒りのようなものがこみ上げてきて、荒い息を吐いた。

「電広堂はそんなに偉いのかよ」

「いや、偉いとかそういう問題じゃないと思うけど」

「いいよいいよ」玉石はふて腐れ気味に言った。「これで俺の無能さがはっきりしたわけだ」

「そんなこと、誰も言ってないわよ」

「いや、少なくとも、有働さんはいい担当に替わって喜んでるよ。いいことじゃないか」

玉石が皮肉たっぷりの口調で言うと、綾子も相手をしていられないと思ったのか、軽いむくれ顔を見せて仕事に戻ってしまった。

編集部は今や、創刊に向けた大仕事の佳境に入りつつあった。若手作家の中には、原稿が上がった者もちらほらいるようだ。完成原稿を机の上に広げている同僚も目につく。準備室を立ち上げ、ゼロから何かを作ろうと手探りで動いていた頃と比べても、今は作ろうとしているものの形が見えてきて、部内にも活気が満ちている。

しかし、そんな中で、玉石は自分が異質の存在になっていることをいやでも意識させられた。ほとんど部外者も同然だった。

忘れもしない小学五年生のとき、盲腸で何日か入院して、久しぶりに学校に行ってみると、班ごとに地元の史跡を回って調べた成果を発表する学習行事が進んでいた。どこにも行っていない玉石は適当な班に放りこまれたのだが、当然何の役割も果たせず、終始空気のような存在としてその時間をやりすごした。ほかの授業の遅れは取り戻せても、役割が与えられないその時間だけはどうにもならず、とにかく苦痛だった記憶だけが残っている。

大人になって、似たような経験をするとは思わなかった。

帰ろうか……メールの整理を終えた玉石は三十分足らずでそんな気になっていた。ここにいても妙な疎外感を勝手に感じ取って疲れるだけだ。

しかし、パソコンを閉じて席を立とうとする前に、声がかかった。

「何だ、玉石、来てたのか」

顔を上げると、江川編集長が立っていた。さっきまではいなかったので、様子からして、社内のどこかにいたらしい。

「メールの整理で」玉石は言いながら、腰を浮かせた。「このたびは、大事なときにご迷惑をおかけしました」

江川は小さくうなずき、「来週からは大丈夫か？」と訊いてきた。

「もちろんです。もう十分休ませてもらいました」

玉石が言うと、江川は「ふむ」とうなり気味に相槌を打って、あごを打ち合わせブースのほうに振った。

「じゃあ、ちょっと向こうに行こう」

言われるまま彼に付いていき、狭い打ち合わせブースで向かい合った。

「有働さんの担当は川俣を引っ張ってきたから」

江川はまずそんな話から入った。

「聞きました」

「まあ、何とかやってくれるだろうとは思ってるけど、難しい相手だし、困ってるようなときには相談相手にでもなってやってくれ」

「はい」

とはいっても、プライドが高い川俣が玉石に相談を持ちかけてくることはないだろうなという気がした。

「それで、お前のほうはな」江川は自分の頭の中で確認するようにうなずいてから続けた。『おちゃのこ』を担当してくれ」

「あぁ……」

よく考えれば十分ありうる話だったが、頭の中にはまったくなかった。おのずと玉石は、口から空気が抜けたような返事をしてしまった。

「今のとこ、池田に兼務させることになってるけど、ちょっと荷が重い気がしてたんだ」江川はしかつめらしい顔をして言う。「何てったって国民的人気の漫画だしな、よちよち歩きの『エンデバー』にとっちゃ、顔になる作品でもある。よく考えりゃ、池田あたりが片手間で何とかできる仕事じゃないんだよ。緑川さんだって、この前一度挨拶に行ったけど、俺なんかでも下手なこと言うとにらみつけてくるくらいプライドが高い作家さんだからな。編集者のことはよく見てるし、いい加減な気持ちじゃ通じない相手だ。

だからまあ、そういう意味でも玉石が適任だと思うし、大事な仕事だから何とかがんばってほしい。もちろん、身体に気をつけながらってことだけどな」

つい先日、「原稿取りと機嫌取り。仕事はそれだけだ」と言っていたのと同じ口で、よくそんな話ができるなと、玉石は呆れる思いだった。真剣な面持ちで語る様子は、見ているとこっけいにさえ思えてくる。

しかし、今の玉石に、不服を言うようなエネルギーはなかった。何かの役割を与えてもらえるだけありがたいという気もしていた。

TKOを食らった人間には、ちょうどいいリハビリというところかもしれない。

「分かりました。がんばります」

玉石がそう応えると、江川編集長はあくまで真面目くさった顔を崩さず、じっと玉石を見つめてから「よし」とうなずいた。

この人もいよいよ自分の雑誌の創刊が近づいてきて、ドラマの主人公にでもなったような気分でいるのかな……玉石はそんな白けた気持ちで彼の芝居じみた挙動を見ていた。


「タマケン、お前は本当に持ってんなぁ」

会社を出たところで長谷部からの集合メールが届き、一応会社に顔も見せたし今日はいいかと思って、吉祥寺に足を向けた。長谷部たちが行ってきたはずの、〝カナリア軍団〟との合コンがどうなったのかも少し興味があった。

しかし、いつもの三人がいるファミレスに顔を出して早々、長谷部に辟易とした様子で愚痴をこぼされた。

「俺も胃潰瘍でダウンしてたら、どんなに幸せだったことか」

「何ですかそれ」玉石は温かい紅茶を頼んでから、長谷部を訝しんで見た。「ダボさんたち、〝カナリア軍団〟と合コンしてきたんでしょ。何でそんな、僕が羨ましがられなきゃいけないんですか」

「その合コンのことだよ」相馬もどこかげんなりとした顔をしていた。

「何だ、よくなかったの？」

「〝カナリア軍団〟なんて言うから、声のきれいなデパガみたいな子たちを想像してたよ」長谷部が言う。

「全然違ったんですか？」

玉石の問いかけに長谷部はうなずいた。

「ほら、セレソンの十番でこう、歯ががっと出たロン毛のファンタジスタがいただろ？」

「え？」

「あの十番そっくりの子がいたんだよ」

深刻な顔をしてそんな話をするので、玉石は思わず吹き出した。

「笑いごとじゃねえよ」長谷部は真顔で続けた。「しかも、めちゃめちゃ喋るんだぞ。八割そいつの話だからな。こっちは覚本も来なかったから、俺の知り合い連れていって三人。向こうも三人。六人いるのに、そいつ一人で会話支配率八割だ。仕事の話でもテレビの話でも田舎の話でも、全部かっさらってくんだよ。すげえファンタジスタがいたもんだよ」

「女の子の紹介も全部彼女が喋ってましたからね」と相馬。「右側の女の子なんて、『はじめまして』と『ごちそうさま』しか、声聞きませんでしたよ」

「家に帰って布団にもぐりこんでも、あのファンタジスタの話し声が耳にこびりついて離れねえんだよ」

長谷部がそう言うと、相馬は「僕もでしたよ！」と訴えかけるような目をして嘆いた。「もう、あの甲高くて耳障りな声が頭の中で響いて、明け方まで眠れませんでしたよ」

「それはまあ、災難でしたね」

玉石としてはそう言うしかなかった。だからといって自分の不調を羨ましがられる筋合いはないが、行けなくてよかったという程度の感想は持てる。

「相馬くんの同僚だって勧めなかったんだろ。そんな話に飛びつくほうが悪いんだ」覚本がピラフを口にしながら冷ややかに言う。「仕事を取って正解だったな」

「〝銀河系〟の次だったから、余計に落差が強烈でしたよねえ」相馬がしみじみとこぼした。

「〝銀河系〟とまでは望まねえけど、今度はもうちょっとましなのを頼むぞ」長谷部がじろりとにらむようにして相馬に言った。

「そうですねえ。一応、探してはみますけど」相馬はそんなふうに応えた。

「タマケンの快気祝いも兼ねてやろう。覚本も今度は参加できるだろ？」

覚本は長谷部の問いかけに答える代わりに、玉石に視線を向けた。「タマケンはもうすっかりいいのか？」

「正直、快気とまではいってないんですよねえ」玉石は弱々しく笑い、我慢していたげっぷを「ぐえっ」と吐き出してみせた。「こんな感じで」

「何だそれ？」

「胃に溜まるんですよ。ぶっ壊れちゃってて、もういくらでも出てくるんです」

玉石はそう言って、またげっぷを出した。

「イケメンが台なしだね」相馬が眉をひそめて言う。

「イケメンじゃないし」

玉石が返すと、相馬はぷっと吹き出して口を押さえた。その小馬鹿にしたような態度に加え、平山丈志のアポイントの件も思い出し、玉石は溜まっていた憤懣《ふんまん》を彼にぶつけたくなった。

「ふん、電広堂がそんなに偉いのか!?」

脈絡もないまま、そう嚙みついてやった。

「え、何？」

言われてきょとんとしている相馬を放っておき、玉石はふと嘆息した。

「でも、今回つくづく思いましたよ。仕事で不規則な生活を強いられてる以上、早いとこ身体を気遣ってくれる子を探して結婚したほうがいいなって」

「そうだろ、そうだろ」長谷部が言う。

「創刊間際の大事な時期にリタイアしちゃって、正直、心が折れちゃってるんですよね。今は仕事よりもプライベートに目を向けたほうがいいのかなって気もして」

「何だ、有働の担当外れたのか？」覚本が訊く。

「ええ……『おちゃのこ』がフロンティアから移ってくるんで、その担当に回されました」

「へえ、よかったじゃないか」

「よくはないですよ」

「『おちゃのこ』って、『おちゃのこさいさい』か？　すげえな」長谷部も口を挿んできた。

やはり「おちゃのこさいさい」の担当というのは、はたからは今でも花形に見られるものだろうか……玉石は自分の不満が理解されるようには思えず、「別にすごくないですよ」とだけ言っておいた。

「緑川優って独身か？」長谷部が変なことを訊いてきた。

「独身だな」覚本が答える。

「美人か？」

「まあ、美人だな」と覚本。「昔、俺の兄貴がアタックしたくらいだ」

「ほう」長谷部は軽くうなってニヤリとした。「よし、じゃあ今度は緑川優と合コンだな」

「何でそうなるんですか」玉石は呆れて言った。「さすがに無理ですよ」

「あれはちょっと厳しいな」覚本も同調した。「タマケンの上司の愛人やってるからな」

「何だそれ。美人で売れっ子で、もったいねえな」

「俺も顔を見るたび、別れろって言ってやるんだが、全然聞きやしないんだ」

「覚さん、酒の席で緑川さんを見ると、すぐ絡んじゃうんですよね」玉石は苦笑気味に言った。

「絡んでるんじゃない。道を正してやってるだけだ」

「まあ、価値観は人それぞれですから」玉石はそう言って、話をやんわり収めた。「どっちにしろ緑川さんも、もういいおばちゃんになりつつありますから、合コンして楽しい相手じゃないと思いますよ」

「なかなか出会いを探しても難しいもんだな」長谷部が悩ましげに言う。

「まあ、仕事が一段落ついたあとなら、俺も顔くらいは出す。あとはそっちで考えといてくれ」

ピラフセットを食べ終えた覚本は、水を飲み干して帰り支度を始めた。「今日はアシが出てきてるから、俺は仕事に戻るぞ」

「あ、じゃあ僕も行きますよ」相馬も付いていくようなことを言った。

「君は明日からだろ」

「あれ、本当にアシさせることにしたんですか?」聞いていなかったので、玉石は少し驚いた。

「トーン貼りだけだ。ほかをいちいち探すのも大変だからな」

覚本の下には、黙々と細かい背景を描く職人アシスタントで、玉石が担当していた頃から続いている高津という男が一人いるが、あとはそのときそのときの寄せ集めで連載を乗り切っている。兄・裕樹から連載を引き継いだとき、同じアシスタントという立場だった覚本が、兄弟だからという理由だけで先生の立場に上がったのをやっかむような空気が当時の仕事場にはあったようで、また覚本自身も気配りができるほうではないということも災いしたのだろう、ずいぶんアシスタントを使うのに苦労したらしい。

だから相馬のようにある程度性格が分かっている人間は、覚本としても使いやすいかもしれない。

「明日からなんて遠慮はいりませんよ」アシスタントができるのが嬉しいのか、相馬は威勢のいいことを言った。「今夜からガンガンいっちゃいますよ」

「今日はもう手が足りてるんだ。机も空いてない」覚本は意気込んだ相馬をうっとうしそうにはね返した。

「机だなんてやだなあ、そんなのどこでもいいですよ。手塚治虫なんてタクシーの中で原稿描いたりしてたんですよ？」

相変わらず怖いものなしの気炎を上げ続ける相馬の鼻っ面に、覚本が指を突きつけた。

「君は手塚治虫じゃないだろ！」

ぴしゃりと言われてしまい、相馬は気負いを削がれたようにおとなしくなった。

目が泳いでいる様子の相馬を見て、玉石はぷっと吹き出した。

3章　途中の一歩

1

「……ここは通りの北側が新興住宅地になってて、住民層もちょっと違うらしいんですよね。だから地域ごとの傾向も見たいってことで、北部と南部で二百五十ずつ、合計五百のサンプルでどうかと思うんです」

「なるほど」

電広堂の相馬慧の説明を聞きながら、奈留美は同僚の今村篤弘と一緒にメモを取っている。

「だから、一応それで見積もりを出してもらえますか」

「分かりました」

「それからあじさい生命の小学生アンケートが今年も上がってきてますんで」相馬は手帳をめくって次の案件に話を移した。「そっちに送っちゃっていいですかね？　五十箱くらいありますけど」

「大丈夫です。送ってください」

毎年、生命保険会社のセールスレディが、契約先の家の子どもに好きな食べ物や好きな教科、流行っている遊びなどのテーマで作文を書いてもらい、そこから「子どもの好きな物」の傾向を集計するリサーチ事業がある。生保会社のビジネスに直接役立つようなリサーチではないが、セールスレディと契約先のコミュニケーションに役立ったり、調査結果を発表してマスコミの話題になることで生保の名前を売ったりするという効果はあり、毎年の恒例となっている。クライアントのあじさい生命から電広堂が企画を受注し、奈留美の会社が下請けのような形で集計・分析作業を手がけるのだ。

アンケート用紙は全国から集まるので、段ボール箱が積み上がる。そこから一県ごとに一学年何十枚というようにサンプルを抽出して集計する作業は、なかなか手間も時間もかかる大仕事となる。

「分かりました。じゃあ早速手配します……と」

打ち合わせが一段落ついたところで、今村が手洗いを借りに席を立った。電広堂には今村も奈留美も何度も来ているので、相馬は「どうぞどうぞ」と言っただけで案内することもなく、コーヒーをすすりながら一息ついている。何となく眠そうな顔をして、首を回したりしている。

「最近は忙しいんですか？」

相馬と二人きりになった奈留美は、世間話のつもりで訊いてみた。

「ええ、ちょっと土日も働き詰めで……いや、ここの仕事じゃないんですけどね、けっこう遠慮なく使われちゃったりしたもんですから」

よく分からない話だ。引っ越しの手伝いでもしたのだろうか……。

「てか、松尾さん、今日は何かおしゃれですね」相馬はふと気づいたように言って、奈留美をまじまじと見た。

「え、そうですか？」鋭い指摘に奈留美は軽くうろたえた。

「デートか何かですか？」

「いえ、そんなんではないですけど……」

奈留美はその問いには手を振って否定しながらも、浮いた気持ちを表情のどこかに出してしまっている自覚はあった。何を隠そう、今日も美鈴たちとの合コンの約束が入っているのだ。

「『けど』とおっしゃいますと？」

やはり妙な空気が自分から洩れているのか、相馬がしぶとく食いついてきた。

「いえその、飲み会というか食事会というか、そういうものが予定に入ってるんで……」

「ほうほう」相馬は仕事の話でもしているかのような相槌を打ちながら、さらに食いついてきた。

「それはいわゆる合コン的なものですか？　それとも女子会的なものですか？」

「まあ、合コン的？　ですかねえ」

奈留美が曖昧に答え、ごまかすような笑みで取り繕っていると、相馬は「ほほう」と感嘆したような声を出して、目に意味深な笑いをたたえた。

「そうですか、松尾さんも合コンに行くんですか!?」

「あ、いや……」

会議室内には二人だけなのだが、大きな声で言われてしまい、奈留美はあたふたとした。今村に聞かれたら、会社に帰ってからもからかわれてしまいそうだ。会社での奈留美は、〝不屈のライオン〟などという群れに加わって西麻布を闊歩しているキャラクターではない。

「いや、そうですか。月曜から合コンとは気合が入ってますねえ」

からかっているわけではなく、本当に感心しているような口調で言われ、それゆえ奈留美は反応に困った。

「あ、いえ、気合というか……」

「いや、僕も最近、合コンやってるんですよ」

相馬はテーブルに肘をつき、不意に仲間同士のような雰囲気を出してきた。

「あ、そうなんですか」

「会社の連中とじゃなくて、出版関係の友人となんですけどね」彼はそう言ってから、いいことを思いついたような顔つきをして続けた。「よかったら今度、僕らともやっちゃいませんか？」

「はあ……」

「いや、やっちゃいましょうよ」

これまで相馬とは仕事で何度も顔を合わせているが、プライベートに踏みこむような話はあまりかわしたことがなかった。あったとしても、それは決まって慶応大学に関する話であり、逆に言えば、そのほかの彼のことは、奈留美の会社の人間は誰も何も知らないと言っていいくらいである。

そんな彼から、いきなり合コンを申しこまれたので、奈留美はさすがに驚いた。

こういうこともあるんだなと思った。

もしかしたら、自分の周りの空気が変化してきているのかもしれないという気がした。

動き出したからだ。

動けば自分の周りも少しずつ変わっていく。

「えっと、じゃあとりあえず、仕切ってる友達に話してみますね」

奈留美はそう応え、話に飛びつくだろう美鈴の反応を想像して愉快な気持ちになった。

2

「玉石、ちょっと」

編集長席に座る江川に呼ばれ、玉石は書類の整理を中断してそちらに歩み寄った。

「緑川さんのとこに挨拶に行く段取りはつけたのか?」

「ええ、夕方すぎなら『フロンティア』の米山くんの身体が空くそうなんで、行こうと思ってますけど」

「俺はいいよな? 池田のときも米山と一緒に行かせただけだったし」

緑川優を苦手にしているのか、江川はそんなことを言った。

「ええ、構いません」

玉石が答えると、江川は一つうなずき、それから声を落とした。

「局次長にはちゃんと一言入れとけよ」

「分かってます」玉石は言いながら、「エンデバー」編集部からは少し離れたところにある局次長席を眺めやった。「けど、今日はまだいらしてないようなんで」

「できれば行く前のほうがいいからな」

江川の念押しに玉石は「はい」と返事して、席に戻った。

夕方前、江川がまた玉石を呼び、あごを振っているので、フロアの奥を見ると、土屋局次長が自席に着いているのが見えた。

玉石は再び仕事の手を止めて席を立った。今日は緑川優のところへ挨拶に行くのを想定して、一応ネクタイを締めてきている。そのネクタイの結び目を直しながら、「フロンティア」「少年ジャスト」などの編集部の島の前を横切り、局次長席へと向かった。

玉石が新卒で文格社に入り、研修後、「フロンティア」に正式配属されたとき、編集長を務めていたのが、この土屋正行だった。

新人という玉石の立場もあったが、土屋という編集長には、気軽に話しかけることもはばかられるような迫力とオーラのようなものがあった。向こうから声をかけてくるときは決まって容赦のない叱責絡みであり、後任の編集長たちと比べても畏怖を覚えるという意味では随一の男でもあった。

今となっては各編集部を横断的に統括する仕事柄、一編集部員に怒声を浴びせるような必要性もなくなったと見え、その分人間的には丸くなったようにも思えるのだが、新人の頃に抱いていたイメージはやはりどこかに残っている。

仕事は文句なくやり手だ。手がけた作品の総売り上げから〝一億部男〟とも呼ばれ、文格社コミック局の名物編集者として各所に名が通っている。

新人の頃に拝聴した彼の漫画論や編集者の極意のようなものは、すべて正しいことであるように聞こえたものだった。また、酔うとあけすけに緑川優をものにした話などを語る様は、ある意味豪快で格好よく、男として敵わないものを感じさせる相手であった。

ただ、いくら華々しい結果を残してきても、土屋のようなタイプが周りの誰からも評価されるというようなことはなく、冷ややかなアンチも少なくないということにだんだん気づいてくる。

覚本などもその一人で、二代目・覚本ユタカは当時の編集長・土屋の決断がなければ生まれなかったのだが、それでも、「あの男は口がうまいだけの格好つけだから信用できん」とにべもない。実際、土屋が直接覚本に絶賛の言葉を向けても大して喜ばないので、土屋も「あれは兄貴以上に変人だな」と苦笑するしかない様子だった。緑川優が覚本の兄のアタックを蹴って土屋から離れなかったという過去が微妙に関係しているという気もしている。土屋自身が方々でその話を自慢げに語ることがあったから、覚本がどこかでそれを聞きつけたとしてもおかしくはない。

そんな周囲の声に影響されたということでもないが、玉石も編集の仕事のキャリアを積むにつれ、土屋が何もかも見習うべき憧れの上司であるという考え方はしなくなっている。冷静に見れば覚本の指摘はある部分で的を射ているし、玉石にしても人間的に好きなタイプではないのだ。ただ、名物編集者としての挙動という意味では、今でも興味は尽きない。だから、こちらに背中を向けて何かをやっている間は、何をやっているのかと物珍しく見てしまうが、こちらに振り向かれたとたん、すっと目を逸らしたくなる……言ってしまえば、玉石にとって土屋とはそういう相手だ。

「局次長、ちょっとよろしいですか？」

老眼が進んできたのか若干顔を遠ざけ気味にして何かの書類を読んでいた土屋に、玉石は声をかけた。

「実はこのたび、『エンデバー』に移ってくる緑川先生の『おちゃのこ』を僕が担当することになりました。局次長にも今後いろいろご教示賜りたいと思いますので、よろしくお願いします」

そう挨拶して頭を下げた玉石を、土屋は睨《ね》め上げるように見た。

「この前、若いやつが担当することになったって言ってきたのはどうした?」

「ええ、一時的にそうなってたんですが、彼はほかの作品と兼任してることもあって、今回、僕が正式に担当するということに決まりました」

玉石をじっと見ていた土屋は、不意に視線を書類に戻し、「そうか……」とだけ言った。玉石は直立したまま続きの言葉を待っていたが、それで話が終わってしまった雰囲気もあったので、戸惑いを感じながら、「お忙しいところ失礼しました」ともう一度頭を下げた。

そこで土屋がようやく自分の流儀を思い出したように、軽く手を上げ、玉石が退がるのを制した。どこか普段の土屋らしくない、ぼんやりした覇気のなさを感じた。

それでも土屋は、部下と話をするときにはいつもそうするように、壁際に立てかけてあったパイプ椅子を玉石に持ってこさせ、そこに座るように命じた。

「言うまでもないことだが、『おちゃのこ』はうちの財産であり、国民的な人気漫画だ。そういう作品を担当するという誇りを持って仕事に当たれよ」

土屋にしては静かでマイルドな口調だったが、玉石は神妙な面持ちで聞き、「はい」と返事をした。

「もちろん、これまでのものはもう一度、隅々まで読みこんどけ。アニメもDVDで出てる分は全部観ることだ。いいな？」

「はい」

時間はかかるだろうが、担当編集者としては当然の仕事だろうと受け取った。

「それから本人を前にして『先生』と呼んでやるな。アシスタントはともかく、編集者から慇懃にそう呼ばれるのは好きじゃないらしい。『優さん』でいい」

いきなり「優さん」は呼びにくいが、土屋がそう言うなら、そう呼ぶしかないか。

「何か気になるところがあって作品に意見するのは構わん。だが、ぶつかったらお前が折れろ」

つまるところは、彼女の好きにやらせろということか……噂で聞いていたように、編集者らしい仕事ができる余地が少ないことは、土屋の言葉からもうかがい知れる。

「分かりました」

土屋はほかにも何か言おうとして口を開きかけたが、勝手に自分で納得したようにうなずき、「まあ、そういうことだ。挨拶に行くときは甘いものでも持っていけ」と話を終わらせた。

意外と淡白だったなと思いながら、玉石は土屋に礼を言い、自分の席へと戻った。


夕方、現担当の米山と一緒に会社を出た。新宿のデパートで焼き菓子を買い、中央線に乗って吉祥寺に向かった。

米山は玉石の三つ下の後輩に当たるが、「フロンティア」で一緒に働いていた頃から、いまいちぽっとせず、小太りの体形以外は目立たない男という印象がある。そんな彼と電車に乗っていると、やはり、これから新たな仕事への挑戦が始まるというような気負ったものはまったく湧いてこない。漫画編集って、こんな呑気な仕事だったっけと思ってしまう。

覚本の仕事場は吉祥寺の東、西荻窪に近いほうにあるが、緑川優の仕事場は吉祥寺の北側にあるようだった。つい最近まで日が落ちるとまだまだ冬の残党がしぶとくしがみついてきた気がしたが、さすがに四月も近いこの時期になると、夜に近づいても春の気配が空気に溶けこんでいる。

住宅街を歩き、間もなく緑川優の仕事場があるマンションに着いた。米山がエントランスのボタンを押して名乗り、ドアを開けてもらった。

住まいと仕事場は分けているらしいが、仕事場が入っているマンションも、分譲マンションと思しき高級感のある造りをしていた。エレベーターで最上階まで上がって、米山がドアのチャイムを鳴らした。

「どうぞ」

アシスタントらしき女性がドアを開けてくれた。

「失礼します」

スリッパに履き替え、米山の背中を追って仕事場に入る。

広々とした部屋を眺め渡し、やはり、女性漫画家の仕事場は違うなと感心した。猥雑《わいざつ》さがない。

書棚の類がないから、資料室はまた別にあるのだろうが、メインのこの部屋だけでも三十畳近くあるだろうか……そこに緑川優とアシスタントら四人分の机、そして応接用のソファなどがあるだけだから、ずいぶんゆったりしている。

もちろん、女性の仕事場ということだけでなく、稼いでいるからこそ用意できる空間なのだろう。ただ、金はかかっているとしても、ぎらぎらしたものはない。「おちゃのこさいさい」のキャラクターグッズなどが部屋の雰囲気を和らげていることもあるが、壁にはドライフラワーなども引っかけられていて、さりげないおしゃれがそこかしこに行き届いている。

緑川優は部屋の奥、アシスタントの机の島とは少し離れたところに自分の机を置いて座っていた。今は作画作業の真っ最中のようだった。

「どうも、お疲れさまです」

米山がずずいと奥に入っていき、緑川優に挨拶した。

「まだ今日は上がらないわよ」

そう言いながら米山を見た優の視線が玉石にも向き、玉石は小さく頭を下げた。パーティーのときに見るような化粧っけはなく、レモン色のフレームの眼鏡をかけている。洋服はさすがに野暮ったいものではないが、作画中ということもあり、ドレスで決めているイメージのある彼女としてはラフな装いに見えた。

「ええ、上がらないのは重々承知しております」

米山は冴えない召使いのように手を前に合わせて腰を折り、愛想笑いを交えながら言った。

「実はですね、先日ご挨拶差し上げたばかりだった『エンデバー』の担当がまた交代してしまうという、いささかお見苦しい事態ではあるんですが、今日はちょっとそのことをご報告させていただきたいということでして……」

下手な言い方をするなよと玉石は米山を横目でにらみ、彼の話を引き取ることにした。

「先日ご挨拶に上がった池田は、暫定的なものでございまして」玉石は名刺入れから名刺を出した。「正式に私が担当させていただくことになりました。ちょっと私的な事情で挨拶が遅れまして申し訳ございません。先生には以前パーティーなどでご挨拶させていただいたこともあるんですが、改めまして……玉石研司と申します」

あれだけ「優さん」「優さん」と意識していたのに、「先生」という言葉が口をついて出てしまい、玉石は思わず顔をしかめてしまいそうになった。米山が妙に慇懃な口調で切り出し、白々とした空気を作り上げたせいだ。

玉石を見上げながら、挨拶を聞いていた優は、そっと名刺を取って、それに目を落とした。

「ああ、玉石くんね……名前は知ってるけど、顔と一致しなくて」そんなことを独り言のように言っている。

「先生、こっちのコマも同じバックでいいんですか？」

玉石が手土産を渡し終わったところで、タイミングを見計らうようにして、アシスタントの女の子が優の指示を仰ぎに進み出てきた。

その女の子の顔をちらりと盗み見て、玉石はおっと思った。二十歳前後だろうか……二十二、三かもしれないが、優しげであどけない顔立ちをしている。化粧っけが少ない分、余計にそう見えるのかもしれない。〝銀河系軍団〟の絵里ほど整った顔立ちではないにしても、愛らしさという意味ではいい勝負をしているような気がした。

「ううん、顔の角度が変わってるでしょ。アングルがちょっと右に動いてるから、後ろもこっちにずらして」

「はい、分かりました」

アシスタントへの指示を終えた優は、自分のペンを取りながら、玉石に軽く目を向けた。

「ごめんね、今日はちゃんとお構いできなくて」

優はそう言い、今のアシスタントが席に着こうとするのを「沙希《さき》ちゃん」と呼び止めた。

「悪いけど、お二人に紅茶いれてあげて」

「はあい」

「あそこで休んでって」

沙希と呼ばれたアシスタントのほうに気を奪われていた玉石は、優の言葉に慌てて視線を動かし、彼女が応接ソファを指しているのを確かめた。

「あ、では、お言葉に甘えて」ぎこちなく礼を言った。

座り心地のいいソファに身体を預けていると、沙希が「どうぞ」と言いながら、紅茶とビスケットを運んできた。

それをご馳走になっていると、フレンチブルドッグがのそのそと近づいてきた。

「おぉ、グリドン、元気か？」米山がその頭を撫でて話しかける。「散歩行くか、散歩？」

「悪いわね」

優にねぎらわれた米山は、「いえいえ」と笑顔で応えながら、どこかからリードを持ってきて、グリドンの身体にかけている。その様子を見る限り、緑川優の担当の仕事は原稿取りと機嫌取りだけでなく、犬の散歩もあるらしいと玉石は悟った。

どちらにしても、のどかな仕事場だ。締め切りが迫っていても、ピリピリとした緊迫感はどこにもない。

米山がグリドンの散歩に出ていったので、玉石は一人でのんびりさせてもらった。紅茶をすすりながら、沙希のことを目で追っていた。彼女の席は玉石が座るソファに近く、熱心に仕事をしているその横顔をじっくり眺めることができる。やはり可愛いなと思った。髪を縛った首筋のうなじもきれいで、見ていて飽きない。あまり気が進まなかった新担当の仕事だったが、今はそういう気分でもなくなっている。いや、有働の担当を続けているより、全然こちらのほうがいいじゃないか……現金にも、そんな気になってしまっている。

ふと気づくと、奥から優が訝しげな視線を向けているのに当たり、玉石は狼狽気味に咳払いした。

3

「奈留美ちゃん、すごいじゃない」と美鈴に褒められた合コン企画は〝不屈のライオン〟のメンバーにも歓迎され、何の障害もないままに具体化していった。

一点だけ、相手側に予定がピンポイントでしか空かない人間がいるらしく、その人の大丈夫な日に合わないとなかなか実現にこぎ着けられない恐れがあるということだったが、〝不屈のライオン〟たちのプライオリティーにおいて合コンの上を行く用事はなく、少々の体調不良では這ってでも行く者たちがそろっているので、そういう心配は無用だった。実際、相馬慧から提示された日にちは、メンバーたちの間で簡単に了承された。

当日、六時すぎに仕事を切り上げた奈留美は、合コン仕様のワンピースとヒールでもって青山に飛び、青山ベルコモンズの前で美鈴らと落ち合った。

「奈留美ちゃん、そのワンピース、すっごく可愛いわね」

「ありがとうございます。美鈴さん、その髪型素敵ですね。いつにもまして華やかな感じですよ」

「やだ、本当？」

そんなふうに、それぞれの出で立ちを褒め合ってテンションを上げると、連れ立って約束の店に向かった。

相馬が予約した店は、大通りから小路に入って少し歩いたところにあるふぐ鍋屋だった。

「ああ、松尾さん、どうも」

店に入り、店員に案内された掘りごたつの個室を覗くと、手前に座っていた相馬が振り返って声をかけてきた。

「こんばんは」

「どうぞどうぞ。じゃあ、松尾さんは覚本さんの隣に座ってもらいましょうか」

知り合いを前に置いておきたいのか、相馬は奈留美に目の前の席を勧めてきた。

「じゃあ失礼します」

奈留美はヒールを脱いで部屋に入り、覚本という眼鏡をかけた男に会釈して、その隣に座らせてもらった。美鈴たちもそれぞれ適当に空いてる席に座っていく。

ちらりと見た印象では、隣の覚本という男は少し無愛想な、どことなく取っつきにくい感じの人間に見えた。ちょっと損な席に座らされてしまったかなと思った。

ほかを見ると、向かいの真ん中には整ったルックスながらやけに青白い顔をした男が何やら食前の薬を口に放りこんでおり、手前の奥、美鈴の向こうには、いくぶん暑苦しい顔立ちの男が女性陣を観察するような目で見回している。相馬以外はカジュアルな装いで、一見しただけではどんな仕事をしている者たちか分からなかった。

ふぐ鍋の準備が進められている間にビールが運ばれ、みんなで乾杯した。

そして前菜などを口にしながらメンバー紹介が始まった。

「こちらがですね、僕の師匠である漫画家の覚本ユタカさんです」

相馬は奈留美の隣に座る眼鏡の男をそう紹介した。

漫画家とは想像もしていなかったので、奈留美は軽く驚きながら隣の男を見た。そう言われてみれば、漫画家っぽく見えてくる。むすっとした感じも、そのまま机の原稿に向かうのであれば、しっくりくる。覚本ユタカという名前も、何となく目にしたことがあるような気がする。

「俺は君を弟子にした憶えはないぞ」

覚本は自分を紹介した相馬に向かって、つっけんどんにそんなことを言った。

「何言っちゃってるんですか」相馬は一人で笑い、奈留美たちに説明を始めた。「いや、僕は今こうやって電広堂で働いてるわけですけど、子どもの頃からのささやかな夢として、漫画家をちょっと目指してるんですよ」

「ささやかな夢で目指されたら迷惑なんだよ」

覚本の反応を無視して、相馬が続ける。

「それで土日になると覚本さんのとこにお邪魔して、アシスタントをやらせてもらってるわけなんです」

「ああ、土日も働き詰めって言ってたの、それなんですか」

奈留美は先日の相馬の様子に合点がいった。

「そうなんですよ。この前から始めたんですけど、いきなりフル回転ですよ」

「何がフル回転だ」覚本が言う。「もたもたやってて進まないだけだろ。だいたい、トーン切って原稿まで切り抜くやつなんて、初めて見たぞ」

奈留美は思わず吹き出しそうになった。自分で漫画を描いたことはないが、学生時代、コミック同人誌を作っていた友達の作業を手伝ったことがあったので、その光景が想像できたのだ。

「いやあ、あれはびっくりしましたよ」相馬が笑いながら覚本を指差した。「覚本さんがあんまり大きな声出すから、僕、よっぽどとんでもないことしちゃったのかと思ったじゃないですか。そしたら、裏からテープ貼って、それでＯＫって……ははは、脅かさないでくださいよ」

「十分、とんでもないことなんだよ！」

覚本は本気で怒っているらしいのだが、そういう姿はいつものことなのか、相馬はまったくこたえていない様子である。ほかの男たちも失笑気味に眺めている。

「覚本さんはどんな作品描いてるんですか？」美鈴が質問した。

「『逆人プリズン』って知ってる？　映画にもなったんだけど」

青白い顔をした二枚目の男が言うと、女性陣から「ああ、知ってる」という声が上がった。

「あれを担当したのが僕ですよ」

「あ、彼は文格社の編集者の玉石くんです」相馬がすかさず紹介する。

奈留美も「逆人プリズン」を読んだことこそなかったが、そういう漫画があることは知っていた。映画ではなく、漫画として知っている。どこで見たのだろうと考えているうち、もしかしたら同じ作者の漫画を読んでいるかもしれないという気がしてきた。

「あの、ヤンキーとかが正義の味方になっちゃうやつって……」

奈留美がおそるおそる口にすると、編集者の玉石がおっという顔をした。

「それ覚さんの。『正義の味方養成計画』」

「あ、そうです。それ読みました！」

「へえ、松尾さん、意外なとこ攻めてるんですねえ」相馬がびっくりしたように言った。

「覚本の失敗作だ」奥の男が笑って言う。

彼は覚本さんの悪友で何とかクリエイターの長谷部さんですと、相馬が紹介を添えた。

「あれは失敗作じゃないぞ」覚本が長谷部に言い返した。「そこそこヒットしたしな」

「面白かったですよ」奈留美も覚本の言葉に同調した。

「正義の味方養成計画」は、ある国家計画によって博士が正義の味方養成ヘルメットなるものを開発し、それによってヤンキーやニートなど社会の底辺にいた若者たちが正義に目覚め、やがては社会を混乱に陥れようとする悪の狂信組織に立ち向かっていくという異色ヒーロー漫画だった。

正義の味方養成ヘルメットというのは確か、脳内の理性や善悪の分別をつかさどる部位が活発に働くと快楽ホルモンが豊富に分泌されるように電磁波か何かでコントロールされていて、つまりそのヘルメットをかぶれば、善行を重ねることでエクスタシーが得られるという、とんでもない代物なのだ。

ヤンキーやニートら、今まで自分の欲望に負けて社会のつまはじき者になっていた連中が、今度は欲望のおもむくままに正義の道を邁進《まいしん》していくので、普通の正義の味方とはかなり違ったタイプのヒーローたちが描かれている。正義をむさぼっていたメンバーたちはある日、「自分探しの旅に出てみんかえ？」という謎の老人の言葉を受け、人里離れた病院を訪れるのだが、そこには正義の味方プロトという男が廃人となってベッドに横たわっているのだ。正義の味方プロトは正義の味方養成ヘルメットの開発計画に加わり、結果、正義中毒に侵されてしまったのである。自分たちもこのまま正義をむさぼっていては、いずれプロトのようになってしまう……メンバーたちはそれぞれに煩悶しながらも、やがては、俺たちにはこの道しかないと苦悩を乗り越え、いがみ合っていた者たちの間に友情さえ芽生えていくのだ。

ラストは警察も全容をつかめていない狂信組織のアジトに正義の味方たちが乗りこんでいき、人質の救出や黒幕の打倒に活躍するのだが、メンバーの中には突撃していって敵に討ち取られる者も出てくる。そんな彼らの、正義をまっとうして恍惚の表情を浮かべながら死んでいく姿は、「弦楽のためのアダージョ」が厳かに流れる中、敵に追われた兵士が壮絶に倒れていく「プラトーン」の名シーンを髣髴《ほうふつ》させるようなカタルシスがあり、奈留美は読んでいて不覚にも泣いてしまった。こんなに馬鹿馬鹿しい話なのにと思いながら、ずいぶん感動して読み終えた記憶がある。

「松尾さん、何でまた、そんなの読んでたんですか？」

相馬が自分の師匠の作品を「そんなの」呼ばわりして訊いた。

「何か格好いいヒーロー物かなって思って」

奈留美が正直に答えると、相馬や玉石らが笑った。

「あと、漫画喫茶で読んだんですけど、全部で四巻か五巻くらいだったから読みやすいかなって思ったんです」

そう、「逆人プリズン」も目についたのだが、二十何巻もあったので、その横の「正義の味方養成計画」を選んだのだ。

「おい、連載の打ち切りがプラスに働くこともあるんだな」長谷部が覚本をからかうように言った。

「あれは打ち切りじゃないぞ。描き切ってあの長さだ」覚本が言い返している。

「松尾さん、どうでもいいけど、漫画喫茶で読んだとか、正直すぎですよ」相馬が苦笑しながら言った。「嘘でも買いましたって言ってくれないと作者は喜べないから」

「あ、ごめんなさい」

奈留美は思わず口を押さえ、覚本に目で詫びた。

「いや、それは別にいい」覚本はそっけないくらいの口調で言った。

「まあ、基本、どういう形でも自分の漫画を読んで、面白かったって言ってもらえるのは、漫画家さんとしても嬉しいはずですし、覚さんもそうですよ」玉石が言う。「参るのは、買わずに読んでおいて、ネットなんかで偉そうにこき下ろす人間ですよね」

反論しないところを見ると、覚本の考えもだいたいそんなところらしい。

取っつきにくそうに見えて、周りに言いたいことを言わせているあたり、印象よりは気詰まりなタイプではない気もしてきて、奈留美はこの覚本という男が悪くない人間のように思えてきた。

「覚本さんは子どもの頃から絵を描くのがうまかったんですか?」

会が進んで、ふぐ鍋に舌鼓を打つ頃になると、隣の覚本とも少しずつ話が進み出した。

「うまいかどうかは客観的な話だからな」覚本はやけに真剣に考えてから、そう答えた。「とにかく、漫画家になりたかったから、兄貴と一緒に練習してた」

「漫画描いて、見せっこしてみたいな?」

「そう」

「私の友達にもすごく絵がうまい子がいて、同人誌作るのを私も手伝ったりしたことあるんですけど、漫画家にはなれなかったみたいです。厳しいんですよね、漫画家さんて」

「同人誌レベルの絵を描く人間はいくらでもいるからな。そこで満足してると、プロにはなれない」

「はあ……」

生返事をした奈留美に、覚本は眼鏡の奥から鋭い視線を向けてきた。

「そこそこうまいように見えても、同人誌レベルの描き手は限界がある。いざオリジナルの世界を作ろうとしても、借り物の世界で遊んでるときのようには、簡単には絵に落とせないんだ。もちろん、そこで努力して壁を突き抜ける描き手もいるが、たいていはくじけて音を上げる。基本、遊びで描いてるから、自分の好きなアングルでしか、キャラを描こうとしないしな。真正面の顔とか、斜め四十五度の顔とか、そんなのばかりだ。プロは違う。上から下から横から後ろから、いろんな角度から描きこむことによって、そのキャラの立体感や世界の奥行きを表現する努力を日常的にやってるわけだ。そうすると、ここぞというシーンで、そのキャラの背中で語らせたいとき、プロは一発で、感情を乗せた背中を持ってこれる。ところがそうじゃない描き手は、感情どころか誰の背中かも分からないような絵しか描けない」

「はあ……」

無愛想に見えて、意外と熱く語る男だなと思いながら、奈留美は聞いていた。

「話の作り方の腕で、プロになれるかどうかが決まるんだと思ってました」

「違うね」覚本は首を振った。「逆に言えば、プロでもストーリー作りには苦労する。もちろん、個性的な世界観でストーリーを作れる人間は強いけど、そいつにしても、いいアイデアが降りてくるかどうかっていう発想の不確実性からは逃れられない。締め切りのあるプロには、なおさら付きまとってくる問題だ。けど一方で、ネームを切ったり、絵を描いたりっていうスキルは、漫画家にとっては確実な武器になる。極端な話をすれば、大したストーリーなんかなくても、ネームで引っ張って落として、それを華やかなキャラの動きで盛り上げさえしたら、そこそこ面白い漫画になる。つまり漫画ってのは、キャラの表情であり、キャラの台詞であり、キャラの動きであり、キャラとキャラが絡み合うときの化学反応が面白いわけであって、それらを始終変化させて楽しむためにストーリーというものがあるわけだ。だから、プロの漫画家に何より必要なのは、その核となるスキルだし、それは試行錯誤しながら描き続けないことには、なかなか手に入らないものなんだ」

そんな話をしながら漫画を描く手振りをしてみせた覚本の指先に目が留まって、奈留美は思わず声を上げた。

「うわ、これペンだこですか？」

中指の第一関節あたりがぼこりとふくらんでいる。

「当然、これくらいのはできる」覚本は少し自慢げに言い、隣の女の子と話しこんでいる相馬を指差した。「あの男は偉そうなこと言って、ペンだこもない」

「相馬さんは普段の仕事でも、『大丈夫です』って言って、全然大丈夫じゃなかったりしますからね」

奈留美がそう言うと、覚本はふっと口もとを緩めた。

「覚本さんは、メールとかします？」

〝不屈のライオン〟の一員となって以来、最初は気後れしていた奈留美も、「手ぶらで帰るな」

の教え通り、男性陣のメールアドレスをゲットするようにしている。

覚本は少し癖がある男には見えるものの、仕事熱心なところは疑いなく、悪い人間でもなさそうだ。奈留美としては惹《ひ》かれるところがあった。話をしていても意外なほど、ぎくしゃくとしない。

「送られてきたら返事くらいはする」という覚本とメールアドレスを交換し、奈留美は今夜の収穫に満足しながらふぐ鍋をつついた。

会も終盤になり、鍋には締めの雑炊が出来上がりつつある頃、相馬が、「そう言えば、みなさん違う会社みたいだけど、どんなつながりなの？」と今さらのような問いかけを向けてきた。

「友達です」

奈留美は適当に答えたが、相馬は「そりゃ友達だろうけど」と納得しない様子なので、「最初は友達の友達の友達みたいな感じで知り合って、友達になりました」と煙に巻いてやった。

「何それ？」

「私と奈留美ちゃんが知り合いの結婚式の二次会で知り合ったの」美鈴が大きな声で口を挿んできた。

「ああ、そういうこと」相馬はやっと納得したようだった。

「それでまあ、こっちの三人であちこち合コンに行ったりしてたんだけど、そこに奈留美ちゃんも加わったってこと」美鈴は酔い加減の朗らかな口調で言い、奈留美に「ね!?」と笑みを向けた。

そこまで正直に言わなくてもいいのにと苦笑気味に思っていると、案の定、相馬が「ほう」と反応した。

「そんなにあちこち合コンしてるんですか？」

そう問いかけられると、美鈴は否定するどころか、「そこはやっぱり、『数撃ちゃ当たる』っていう言葉もあるから」と陽気にぶちまけ、からからと笑った。「あんまりがんばりすぎちゃって、最近じゃあ私たち、〝不屈のライオン〟なんて呼ばれてるらしいのよ。やんなっちゃう、ははは」

美鈴がなおも笑いを交えてそう言ったとたん、男たちは口に入れていた飲み物などをそろって盛大に噴き出した。

「わっ、雑炊が……」

奈留美は、しぶきがかかってしまった雑炊を見て、あーあと哀しい気持ちになった。

4

「おいおい、知らないうちに〝不屈のライオン〟と飲んでるなんて、何の罠だよ」

店を出て〝不屈のライオン〟たちと別れたとたん、長谷部がげんなりした顔を相馬に向けた。

「いや、僕もまさか彼女たちが〝不屈のライオン〟とは思ってもいませんでしたよ」

相馬も騙された一人のような顔をして、自分に他意がなかったことをアピールしている。

「おかしいと思ったんだよ。俺の隣にいた『天使にラブ・ソングを…』の陽気なぽっちゃりシスターみたいなのが、ぐいぐい俺のメアドを訊いてくるしよ。危うくライオンの餌食《えじき》にされるところだったよ」

「教えなかったのか？」覚本は長谷部に訊いてみた。

「何か知らないけど防衛本能が働いたんだよ。携帯もパソコンも壊れてるとか、めちゃめちゃ苦しい言い逃れしたよ」

「お前は携帯壊したほうだろ」覚本はしつこく言ってやった。

「ははは、それがあったから、するっと口から出てきた」長谷部は悪びれることなく言った。

「お前も同じ手か？」

「いや、教えちまったぞ」

ちょうど新しい携帯電話を買ったばかりでもあり、教えないという選択肢はまったく頭に浮かばなかった。

「馬鹿だなぁ」長谷部が気の毒そうに言う。

「いや、でも、松尾さんは悪い子じゃないですよ」相馬が言う。「むしろ、お勧めとして紹介できると思ってたくらいで」

「そうですね。あの子は感じよさそうでしたよね」玉石もそう言った。「別にメアド交換くらい、いいじゃないですか」

「〝純金〟ですしね」と相馬。

「何だ、〝純金〟って?」

「名古屋のお嬢さま学校ですよ。そこを中学からエスカレーターで出た子は〝純金〟って言われて、大学だけの子は〝金メッキ〟って言われるんです」

「また学校の話か」長谷部は呆れ気味に言った。「君は学校と結婚しろ」

「けど、覚さんだって、まんざらでもなかったから、メアド教えたりしたわけでしょ?」玉石が覚本を見る。

「いや、特にそういうわけでもないけど、まあ、訊かれたからな……」

言ってみれば、相馬が口にした、「悪い子じゃない」という程度の印象だった気がする。

「じゃあ、やめとけ」長谷部が切り捨てるように言った。「その気もないのに相手にしてると、気づいたら身動き取れないことになってるぞ。そういう人間がしみじみと『結婚は人生の墓場だ』なんて言ったりするわけだ」

「墓場は駄目ですよね」玉石が肩をすぼめた。「オアシスであるべきですよ」

「だいたい、ヌエって誰だよ」長谷部が顔をゆがめて首を振る。「『ヌエさん』『ヌエさん』て、あの子ら勝手に盛り上がって話してたけど、不気味でしょうがねえよ」

「〝不屈のライオン〟のドンみたいですけどね」玉石も眉を寄せて薄気味悪そうな顔をしている。

「話を聞く限りは」

「そのヌエってのが連中に指令を下してんだな……『今回の獲物はこの四人だ』みたいな」長谷部はそう言って、身震いしてみせた。「おーこわ」

次の日、十時すぎに起きてみると、携帯電話に松尾奈留美からのメールが入っていた。なるほど〝銀河系軍団〟とは性向がまるで違うなと覚本は思った。

それはそれで長谷部が言うように注意しなければいけないのかもしれないが、メールの文面はいたって普通で、「昨日はありがとうございました。いろんなお話ができて楽しかったです」というようなものだ。覚本は朝食のパンをかじりながら、これを無視するのはさすがにどうだろうかと考えた。逆に意識しすぎで、人間としても小さいやり方ではないか。

朝食を済ませてからネームの前のプロット作りに取りかかったが、案の定と言うべきか、エンジンがかからない。携帯電話を手にして、奈留美のメールを読み直してみる。この文章もヌエなる首領の指令によるものなのだろうか。

しかし、何度読んだところで、どうということはない文章である。考えこんでいるうちに馬鹿馬鹿しくなった。長谷部の言い方が大げさなのだ。もらったメールに返事をするのは社会人としての礼儀だし、放っておいても逆に落ち着かない。

覚本は簡単に返事の文面を作って送信した。それですっきりした。

午後に入り、三時が近づく頃になると、気分を変えるために外に出ることにした。バッグにノートとペンを入れ、吉祥寺まで歩きながらアイデアを練る。いつものファミリーレストランに立ち寄って、コーヒーとケーキを頼み、ノートを出してプロット作りの続きを始めた。

すると、三十分もしないうちに、長谷部がポケットに手を突っこみながら、「よう」と現れた。

「お前は学生か」覚本は仕事の邪魔をしに来た男を遠慮なく罵倒した。「連日、顔を見せるな」

「いいじゃねえか」

長谷部は覚本の前に座り、ウエイトレスにコーヒーを頼んだ。

「たまには仕事しろ」

「世の中はお前みたいに一日十五時間働かなくたって、食えるようになってんだよ」長谷部は偉そうに言う。「まったくお前は、相変わらずペンとフォークと両手に持って、忙しないことだな」

「箸だって左手で使えるぞ」覚本は自慢しておいた。「やってるうちに使えるようになった」

長谷部は嘆かわしそうに首を振る。

「そんな、仕事に飯に両手使って、じゃあお前はどうやって花束を持つんだ？」

「何だ、それは？」

「俺たちは花束を持つ手を空けとかなきゃいけないんだよ。そんなにあくせくしてちゃ、いざというとき、女の子にそっぽ向かれちまうぞ」

「余計なお世話だ」覚本は長谷部のお節介な言葉をはねつけた。「で、またあいつらも来るのか？」

「呼んでねえよ。心配するな」

早速、次の合コンの相談にでも来たのかと思ったが、どうやら違うらしい。

「まあ、この前の携帯壊した件もあるからな」彼はポケットから何やら紙を取り出して、不敵な笑みを見せながらそれをちらつかせた。「ＭＩＹＵのライブチケットを手に入れてやった」

「は？」

「明後日だ。行こうぜ」

「嫌だね」

覚本が即答すると、長谷部は目を剝いた。「何でだよ!?」

「何で俺が行かなきゃいけないんだ？」

「お前、ＭＩＹＵ嫌いなのか？」

「馬鹿言うな」覚本は答えた。「自慢じゃないが、ＭＩＹＵのアルバムは全部持ってる。仕事のときに聴くのも、ほとんどＭＩＹＵと言っても過言じゃないくらいだ」

映画「逆人プリズン」の主題歌を歌ったのがＭＩＹＵである。軽やかで優しげな歌声といい、素直な感情がそのままメロディーになっているような曲といい、何度聴いても飽きる気がしないのがＭＩＹＵの音楽である。嫌いなわけがない。

「じゃあ、何で行きたくないんだ？」長谷部はテーブルをこぶしでたたき、覚本をにらんだ。

「次の締め切りはまだ先だろ」

「ライブなんてのは、盛り上がったふりして、立ちたくもないのに周りに合わせて立ったりしなきゃいけないんだろ。俺はああいう無理やりで白々しいノリが一番嫌いなんだ」

「じゃあ、お前だけ座ってればいいだろ！」長谷部は鼻梁に皺を寄せて顔を突き出してきた。「そんなどうでもいい理由で、せっかく手に入れたチケットを紙くずにしようとすんな！」

「別に俺が取ってくれと頼んだわけでもない」覚本は冷ややかに言った。「携帯なら、新しいのを買って弁償するのが普通だろ。もう買っちまったから、今さら買ってこられても困るけどな」

「ＭＩＹＵのライブチケットがあるのに、行きたくないなんて反応が返ってくるとは考えてねえんだよ、こっちは！」

「わあわあ、わめくな」

覚本が顔をしかめて耳を押さえる素振りを見せると、長谷部はそれにも苛立ちを感じたようだったが、やがて、ぐっとこらえるように鼻から息を抜いた。

「お前は本当に……」無理に落ち着いた声を出しながら、覚本に指を突き立てた。「もっと聞き分けのいい人間になれ」

「余計なお世話だ」

「とにかく」長谷部はもう一度指を突き立てた。「チケットは四枚ある。俺も一人声かけて連れてくるから、お前も一人、声かけてこい。女の子だ」

「は？」

「誰か一人、女の子を誘えって言ってるんだ」

「誰かって、そんないきなり誰を誘えってんだ？」

「やっと、そこにきたか」長谷部はやれやれという顔をしてみせた。「普通は、『ＭＩＹＵのチケット手に入れたぞ』『すげえな』『明後日だ』『よし、行こうぜ』『四枚あるから、お前も一人誘ってこい』『誰を誘えばいいんだ？』と、こう流れるもんだろ」

「仕事してんだから、話は手短に言え」

覚本がそう口にすると、長谷部はまた険悪な目でにらみつけてきた。

「で、誰を誘えばいいってんだ？」

「それだ、大事なのは」長谷部はそれまでのやり取りを棚に上げるようにして言った。「いきなり誰か誘えなんて言われても困るよな？　明後日だしな」

彼は強引に話の流れを自分のものにして続けた。

「でも、そういうときに無理を聞いてくれる相手もいるんじゃないか？　例えば、担当編集者とかな」

「タマケンのことか？」

「女だって言ってんだろ！」

唾を飛ばして言われ、覚本はようやく、西崎綾子のことかと気づいた。

「担当作家の言うことだ、西崎さんなら、それくらいの無理は聞いてくれるだろ。ほかに頼む当てがあるか？　ないだろ？」

「タマケンでいいんじゃないのか」

「そんな、病み上がりの人間に無理させるな。俺のほうでも女の子を呼んでくるんだよ。せっかくだから、楽しくなるようにしようぜ」

「そういう頼みごとはしたことないからな」覚本は頭をかいた。「校了にかぶってたら、無理だと思うぞ」

「訊いてみろ。今、訊いてみろ」

長谷部がそう急かすので、覚本は仕方なく綾子に電話して、ＭＩＹＵのライブチケットがあるのだがと誘ってみた。

〈わあ、本当ですか？　ありがとうございます。行かせてもらえるならぜひ〉

綾子の返事はあっけないほど前向きだった。

「校了とか大丈夫なの？」

〈大丈夫ですよ。まだ余裕はありますから〉

「あっそう……じゃあ、頼むよ」

〈分かりました。楽しみにしてます〉

電話を切ると、長谷部が「ほら見ろ」としたり顔を向けてきた。「二つ返事だったろ？　普通の人間はそういう反応なんだよ」

「分かったから、用事が済んだら帰れ」

覚本は適当に言って、追い払うように手を振った。ライブに行くのなら、明後日つぶれる時間の分も、仕事を進めておかなければならない。


翌々日、覚本は夕方頃仕事を切り上げると、コンサートホールのある有楽町に向かった。

〈せっかくですから、ライブの前に軽く打ち合わせがてら、お茶でもしますか〉

前日、西崎綾子がそんなふうに提案してきたので、覚本は開場時間の四十分ほど前に有楽町駅に着いて、綾子と落ち合った。

「覚本さん、お腹のほうはどうですか？　それとも長谷部さん、ライブが終わったあとにでも、何か考えてますかね？」

「あいつは何も考えてないだろ。気を遣うことないから、何か食っていこう」

覚本が言い、近くの喫茶店でカツサンドを口に入れていくことにした。

「『わらしべ』、部内で好評ですよ」喫茶店に入って腰を落ち着けると、綾子は笑顔を見せた。「あの徳田のひょうひょうとした感じが、彼を信じていいのかどうか迷わせるような怪しさがあって面白いって。あと、勝がいきなりなけなしの遺産を詐欺師に取られて、どん底からスタートするじゃないですか。彼女との約束も果たせなくて、愛想尽かされて……勝って、主人公としてはひねくれてるし、軽く嫌なやつなんだけど、そのあたりの境遇みたいなところで読者が知らない間に感情移入しちゃうと思うんですよね。部内でもそういう声が多かったですし、編集長なんかも、勝にどれだけ読者がシンパシーを持つかが鍵だなって言ってましたけど、そのへんもいい感じで始まったんじゃないかなって思いますよ」

「まあ、勝自身は徐々にエゴを剝き出しにしてくんだから、勝にシンパシーを持つなんて言ってる読者も、そのうち首筋が寒くなってくるような展開を目指していくわけだけどな、こっちは」

「楽しみですよね」綾子は目を細めて言う。「初回だけでもいろんな伏線があるじゃないですか。私が聞いてないこともさりげなく入ってる気がするんですよね」

「まあ、あの詐欺師ものちのち出そうと思ってるし、彼女のほうも勝が少しずつ成り上がっていく頃に戻ってくる感じでは考えてるけどね」

「なるほど……それに、骨董屋《こっとうや》にガラクタって言われた人形なんかも、徳田が意味深に見てましたよね」

「うん、あれなんかは近いうちに出てくるよ」

「それも楽しみですよねえ」綾子はそう言い、心の底から思っているようにうなずいてみせた。

「何か気になるところとかあれば、今のうちに言っといてくれよ」覚本は言った。「連載は最初の数回が勝負だ。ここで読者に見切られたら、挽回しようがない」

「気になるところなんてありませんよ。今のままでOKです」

あまり手放しで褒められると、逆に落ち着かなくなり、本当に大丈夫かという気になってくる。

編集者にはいろんなタイプがいるが、綾子は基本的に褒め屋のようである。新作の構想段階で迷っていたときにはあれこれ意見を出してきたが、この作品で行こうと決まってからは、細かいことも言わなくなり、全面的に作品を後押しする役に回っている。

それはそれで作品にも勢いがつき、覚本も文句を言う筋合いはないのだが、褒め言葉に甘えてしまうと知らず自分の作品に対する厳しさがなくなる恐れも出てくるので、そこは話半分で聞くなど、気をつけなければいけないと思っている。

打ち合わせがてらと言いながら、作品の話はその程度で終わり、綾子は「ライブ楽しみですねえ」とオフモードのリラックスした顔で話を変えた。

「長谷部さんが連れてくる女の人って、どんな人なんですかね」

「まったく分からん」

「長谷部さんのお気に入りってことですか？　それとも、覚本さんに紹介したい誰かって感じなんですか？」

「さあ。あいつの考えは本当に分からん。あれこれ読んでも、実際は何にも考えてないことがほとんどだったりするからな」

どっちかということなら、それは綾子の言う後者のほうがいいに決まっているが、長谷部がそんな友達思いの人間なのかと考えると、素直には期待できない。

「そう言えば、この前また合コンしたんですよね？　そのとき知り合った子とか？」

「ああ、それはない」覚本はあっさり否定した。

「玉石くんも詳しいこと教えてくれないんですけど、この前のはいまいちだったんですか？」

「まあ、飯はうまかったけどな」

「ふぐ鍋でしたっけ。その印象だけ？」

「いや、逆に印象は強烈だ。何せ、〝不屈のライオン〟と呼ばれる軍団だったからな」

綾子が口にしていた紅茶でむせたように咳きこんだ。「え……？」

「何だそれと思うだろ。しかし、現実にそう呼ばれる軍団が合コン界を席巻してるんだ」

「合コン界って……」

「合コン界は意外と狭いぞ。弱味を見せたら牙を剝いてくるなんて噂を聞いてて、そんな連中とは関わりたくないと思ってた相手が、気づけば目の前に座ってる。ヌエという名の謎の親玉が一味を率いてるらしい」

「はあ……」

「ダボなんか、メアドを教えなくてよかったって、あとで胸を撫で下ろしてたくらいだ。だから、そのときの子が来るというのはありえない」

「覚本さんはどうだったんですか？」

そう訊かれ、覚本は「ん……」と気まずくうなった。

「俺はちょっと気づくのが遅れた」

「というと？」

「隣の子にメアドを訊かれたんで、深く考えもせずに教えたってことだ。まあ、今んとこ実害はないけどな」

「実害って、メアドくらい大丈夫でしょう」綾子は大げさな言い方を笑うように言った。

「まあ、俺もそう思うが、ダボが変な言い方しやがるしな……」

「メールのやり取りはしたんですか？」

「まあ、『ごちそうさま』『どういたしまして』みたいな挨拶程度のことはな」

「可愛いもんじゃないですか。どこに牙なんかあるんですか」

「いや、それはまだ分からん。とにかく仕事のペースを乱されると困るから、こっちも隙を見せないようにしてるしな」

「覚本さんも変な人ですねえ」綾子はそう言って笑う。「そんなこと言ってたら、うまくいくものもいかなくなりますよ」

「〝不屈のライオン〟だからな、無防備でいいわけがない。相手によりけりだ」

「好みは、ぐっとくる人でしたっけ」綾子はいたずらっぽい口調で言った。「なかなかいないと思いますけどねえ」

言い返す言葉を探していると、長谷部から電話がかかってきた。ホールの前で待っているから早く来いとのことだった。

「長谷部さんと一緒の人が、ぐっとくる人だといいですけどね」

綾子はそう言って、席を立った。


「よう！」

コンサートホールにたどり着く前に、ＪＲの高架をくぐったところで、携帯電話で互いの居場所を覚本とやり取りしていた長谷部が手を上げて現れた。

「どうも、ご無沙汰してます」綾子が長谷部ににこりと一礼して挨拶した。「お言葉に甘えて、参加させていただきます」

「いやあ、どうぞどうぞ。西崎さんもＭＩＹＵが好きでよかった。せっかくだから今日は思う存分楽しみましょう！」

長谷部がやけに愛想のいい調子で言い、その上機嫌な笑みをこちらにも向けてきたので、覚本は胡散くさく思いながら眉をひそめた。

「誰かもう一人、いらっしゃるんですよね？」

綾子がそう訊くと、長谷部は「ああ、来てますよ」と言いながら、適当に手を振った。「そのへんにいると思うけど」

目を凝らして人混みを見ていると、その中からこちらに向かってくる女の人影があった。

「覚本くん、ひっさしぶり！」

「うっ、何だぁ？」

手を上げて笑いかけてくる女の顔を見て、覚本は思わず取り乱した声を上げた。

大学時代の同級生の岡本康子だった。年齢なりの変化はあるが、その馴れ馴れしい態度と大安売りの笑顔は昔からのものだ。

「覚本センセイって呼ばなきゃ駄目かしら。あんた、漫画ばっか描いてるから、生っちろい顔してるわねえ」

「うるせえ」十五年ぶりに会って早々の遠慮ない言葉に、覚本としてはそんな一言を返すのが精一杯だった。「何でお前が来てんだよ？」

「何でって、ダボくんに誘われたからじゃない」

覚本は呆れて長谷部を見た。岡本康子は学生時代、飲み会はおろか、貧乏アパートでの酒盛りにも女一人で顔を出し、雑魚寝もいとわない付き合いのよさから〝女・長谷部〟の異名を取った人間である。

「いや、いざ誰かに声をかけようとしても、急なことだとなかなか難しくてな」長谷部がしれっと言う。「困ったなと思ったところにふと、かつて〝数合わせの康子〟と呼ばれた女がいたなと思い出したんだよ」

「ちょっと、数合わせとか、ダボくん失礼すぎ！」

康子は楽しそうに笑いながら、長谷部の肩をたたいた。

「けどお前、とっくに結婚して、子どももいるんじゃなかったか?」覚本は訊いた。

「そうよ」と康子。

「それでも、ほいほい出てくる習性は変わらんのか」

「別にいいじゃない。子どもは旦那に任せてきたし、今日は羽伸ばすわよ」康子はそう言って、人を食ったような腰振りダンスをしてみせた。

「康子の旦那はほら、俺も結婚式で会ってるし、まあそれで知らない顔じゃないってことで大丈夫なんだろ」長谷部がそんなふうに言った。

「そうだ、結婚式、ダボくんは来てくれたのに、覚本くんは来てくれなかったのよね。本当、あんたは昔から付き合いが悪いわ」康子が何年も前のことを思い出したらしく、頬をふくらませた。

「新婦の友人席なんか、男は遠慮するのが普通だろ。招待するほうも招待するほうなら、行くほうも行くほうだ」

覚本が言うと、康子は憐れむような目を向けてきた。

「また水くさいこと言ってえ。そうやって人の好意を受けつけずに生きてきて、あんたはずいぶん損な人生送っちゃってるわねえ」

「うるせえ、余計なお世話だ」

「担当さんも、偏屈な人間を相手にして大変ですねえ」

康子にそんな言葉を向けられた綾子は、否定もせず、愉快そうに笑っていた。

「ああ、もう時間だろ。行くぞ」

覚本はそう言って、形勢の悪い話を終わらせた。

コンサートホールの入口付近では、入場する観客の列が長々とできていた。それを見て、覚本は早くも場違いなところに来た感を強くした。

「何だこれ……若いのばっかだな」

並んでいる客は高校生や大学生風の若者がほとんどである。せいぜいが二十代で、中には中学生ではないかという姿もあった。

「うーん、さすがに私もこの子たちと同世代という顔はできませんね」綾子もそう言って苦笑している。「でも、よく見ると、上の年代の人たちもいますよ」

「子どもの保護者じゃないのか？」

「馬鹿、そんなのいちいち気にしてライブなんか楽しめるかよ」長谷部が覚本の肩をたたいた。

「ＭＩＹＵの歌に世代なんて関係ないだろ」

「しかし、これはあれだぞ、始まったらキャーキャーワーワー立ち上がる連中ばっかだぞ」

「そんなのライブだから普通じゃない」康子が覚本をからかうような目で見た。「覚本くん、お願いだから盛り上がってるときに、『見えないから座れよ！』とか、前の人に言うのはやめてよ」

「言うか！」

綾子らに笑われる中、覚本は語気を荒らげて言い返した。

「ほら、覚本さん、三、四十代もちょこちょこいますよ」

綾子にそんなフォローをされているうちに列が進み、覚本たちもようやく入場口までたどり着いた。

「おう、券だ」

長谷部が覚本たちにチケットを配り、そのチケットを入場係のスタッフに切ってもらった。

「席は一階と二階に分かれるんだよな」

ロビーに入ったところで、長谷部がそんなことを言い出した。

「は？」

「もともと最多で二枚しか取れないチケットなんだよ。だから、そうなってんの」長谷部は仕方ないことのように言った。「えっと、どうなってる？　俺と西崎さんが一階の席かな」

「あれま」綾子も自分のチケットを見て驚いている。

「じゃあ、私と覚本くんが二階ね」

康子が覚本のチケットを覗きこみ、親しげに肩を寄せてきた。

「何だそれ」

「覚本さん、席替わりましょうか？」

綾子が気を遣うように言ってきたが、長谷部がそれを制した。

「ああ、そんなもったいないことする必要ないですよ。盛り上がる気もない男は二階で十分だから」

覚本としても、一階席のチケットを手にしている人間にわざわざ替わってくれと言えるような話でもない。

「西崎さんはそっちでいい」

一応、長谷部を見たが、彼は不敵な笑みを浮かべて勝ち誇っていた。

「俺はチケットを取ってきた人間だからな」

何も言えずにうなっていると、康子が腕を引っ張った。

「そんな恨めしそうに見ないの。じゃあ、終わったら、このへんで待ち合わせね」

さっさと歩き出した康子に引きずられるようにして、覚本は仕方なく二階へと上がった。これからの数時間を想像すると、うんざりする気分だった。


しかし、ライブが始まってしまえば、隣が誰かということは関係のない問題だった。ステージに現れたＭＩＹＵとは表情も見分けられないほどの距離があったが、ライブビジョンが生き生きとした彼女の表情を映し出していたし、普段はＣＤで聴いている彼女の歌が今はこの館内で生の声として響き渡っているということが、とても貴重なことのように感じられ、それは歌を重ねるごとに感動として心の中に溜まっていくようだった。結果的には、二時間半があっという間にすぎていった感覚だった。

「ああ、終わっちゃったぁ〜！」

アンコールの四曲を歌い終えたＭＩＹＵが歓声と拍手に包まれてステージから消え、場内の明かりがともると、康子が名残惜しそうに声を上げた。そう言えばこの女が隣にいたのだなと、覚本はそこで現実に引き戻された。

一階のロビーに下りて長谷部たちを待っていると、しばらくして人波の中から二人が現れた。なぜだか綾子が目を真っ赤にして泣いていた。

「何だお前、何した？」

覚本はにらむように言って長谷部を問い詰めたが、彼は「何もしてねえよ」と心外そうに答えた。

「だってＭＩＹＵちゃん、あんなに一生懸命、私のために歌ってくれるんだもん」

綾子はハンカチで目を押さえながら、感極まった声でそんなことを言った。感動の余韻からまだ抜け出せないという涙であるらしい。

「西崎さんのためというのはどうかな」覚本は言った。「どっちかって言えば、俺のために歌ってた気がするけどな」

「ははは、みんなそういう気になるもんだ」長谷部が笑いながらそう言った。「覚本もちゃんと乗れたか？」

「けっこう何だかんだ言って立ってたし、意外と楽しんでたみたいよ」康子が報告するように言った。

「立つぐらいどうってことない」覚本はそっけなく言った。

「始まる前はあんだけ渋ってたくせに」康子が笑う。

ＭＩＹＵのＭＣは素朴で、強引に盛り上げようとすることもなかったので、覚本はごく自然にライブの雰囲気に溶けこめていた。立ち上がって手拍子するくらいのことは、ＭＩＹＵの熱唱を前にしては、まったく違和感のないことだった。

「ダンスもちゃんとやりましたか？」

ようやく感泣が収まった様子の綾子が、腫らした目に笑みを覗かせて訊いてきた。

ダンスというのは、ノリのいいポップな曲のサビの部分に用意された手の振りで、ライブビジョンに映し出された振り付けに合わせて、一緒に手を動かすというものだ。

「覚本くん、やってたわよ」康子がまたも報告する。「左右でたらめにやってるもんだから、私の右手と覚本くんの左手がやたらバシバシ当たったりしてたけど」

綾子と長谷部が声を立てて笑った。

「ひねくれ者の覚本らしいな。あれはお前、ダンサーが右手上げたら、素直に釣られて左手上げとけばいいんだぞ」

覚本は笑いの種にされて、ふて腐れるように鼻息を吹かせた。

コンサートホールから外の広場に出ると、ひんやりとした夜風が首筋を撫で、ライブの余韻にセンチメンタルな気分が混ざった。

「けっこう歌うまかったなぁ」覚本は独り言のように言った。

「ああ、俺も思った」長谷部が言う。「ライブだともっと雑かなって思ったけど、ＣＤと比べても遜色ないのな。大したもんだよ」

「そんなにうまいってイメージの歌い手でもないんだけどね」と康子。「実際聴くと、うまいし、聴かせるよね」

「ＹｏｕＴｕｂｅでＭＩＹＵちゃんの歌を素人がカバーしてるのいっぱい出てますけど、正直聴いてられないですよ」綾子が言う。「ＭＩＹＵちゃんて普通に歌ってるようで、フレーズの一つ一つにすごく感情をこめてると思うんですよねえ。だから聴いてて心に響いてくるんですよ」

「久しぶりのツアーで、けっこう歌いこんでもきたんだろうな。そういうがんばりみたいなのも伝わってくるよな」

覚本は長谷部の言葉にうなずきながら、「でも」と口を開いた。「『サカライ・トライ・ミライ』、歌わなかったな」

「ああ、歌いませんでしたねえ」綾子も残念そうに言った。

「『サカライ・トライ・ミライ』って？」

康子の問いかけに、綾子が答える。「『逆人プリズン』の主題歌ですよ」

「ああ、あれ、そう言えば歌わなかったわねえ」

「いい歌だし、ヒットもしましたけどね」綾子がフォローするように言った。「まあ、たまたまですよ」

「いい歌だけどな……」覚本もそう呟いた。

「そんな何年も前の曲、ＭＩＹＵはいつまでもこだわってねえよ」長谷部が突き放すように言った。

「何年も前って、映画はまだ四年かそこらだぞ」

「四年経ちゃあ、十分昔だよ。ＭＩＹＵは休業からカムバックして初めてのツアーだし、今回は最新アルバム中心のライブってことだろ。新しい曲を歌いたいんだよ」

事情としてはそのあたりだろうが、長谷部にしたり顔で言われても素直に納得する気にはなれなかった。

「デビューした頃の曲もあったし、『サカライ・トライ・ミライ』を歌わなかったのは本当にたまたまだと思うんですけど、ＭＩＹＵちゃんが新しい自分を表現しようとしてたのは、私もすごく感じたんですよね」

綾子が覚本のもやもやした気持ちに対して、誠実に応えるように言った。

「ＭＩＹＵちゃんが去年、一年近く充電してたのって、私、すごいことだと思うんですよ。デビュー以来どんどん人気が出てきて、アルバムは売れるしツアーは盛況だし、押しも押されもせぬトップアーティストになったところで、普通、一年近くもファンの前から姿なんて消せませんよ。

そんなに休んだら、せっかく売れてたのに、世間から忘れられちゃうんじゃないかって不安になっちゃうもんですよ」

背の高い木々とベンチが点在する広場をゆっくり歩きながら、綾子は話を続ける。

「でも、彼女は、あの充電が自分には必要だって思ったんですよ。たぶん、デビューしてからの彼女の一年一年って、普通の人の二、三年の密度があったんじゃないかな」

綾子はちらりとコンサートホールを振り返って微笑んだ。

「私、MIYUちゃんの歌を聴きながら思ったことがあるんですよ。今日ここに来たときに感じたみたいに、私たちっていくら若い気でいても、高校生や大学生みたいな子たちとは、やっぱりもう違うじゃないですか。社会に出て何年も経って、三十もすぎて、始めの一歩の時期は終わっちゃったんですよ。

でも私、それってMIYUちゃんも同じじゃないかなって思ったんです。デビューしてからずっとがんばって、普通の人の十年分くらいのエネルギーを使って……けど、そんな彼女がこうやって充電して、新しい自分を見せてくれるわけじゃないですか」

綾子は話しながら、ゆっくりと行進するような歩き方になった。

「始めの一歩を踏み出して歩き始めたら、どうしても同じ歩幅や同じリズムで歩いちゃうもんですよ。たとえちょっと疲れたなって思ったとしても、毎日毎日同じように歩いちゃいますよ。それが一番楽だし、確実ですもん。

だから、彼女みたいに歩いてる途中でふと立ち止まって、自分のことを考えたり、次の一歩をえいやって大股で跳んだりするのは、すごいことですよ」

綾子はカツカツ鳴らしていたヒールでぴょんと跳び、少しよろけながら着地した。そしてくるりと振り向いて、覚本らに笑顔を見せた。

「ね？　人生で大事なのは、途中の一歩なんですよ。始めの一歩よりありふれてるから気づかないけど、自分次第で特別な一歩になるんですよ。私、ＭＩＹＵちゃんの歌を聴いてて、そう思ったんです」

すっかり聞き入っていた覚本は、綾子から反応を問いかけられるような視線を向けられ、あごを引きながら取り繕い気味にうなずいた。

「うん……まあ、分からんでもない」

胸に響くような感覚があったにもかかわらず、それがずいぶんストレートに自分の中に飛びこんできたため、覚本は逆に無愛想な感想を口にしてしまっていた。

しかし、綾子は覚本のそんな言い方に慣れているのか、「そうですかぁ？」と嬉しそうに応じた。

自分の代わりにもう少しまともな反応をする人間を探したものの、長谷部は惚《ほう》けたように綾子を見ているだけで、言葉さえ出てこないようだった。

「うーん、いいこと言う」腕を組んだ康子がようやく口を開き、しみじみと感じ入るように綾子を称えた。「西崎さんは覚本くんの担当編集者にしとくのはもったいないわ」

「いえいえ、そんな」綾子は照れたように喜んでみせた。

「うん……素晴らしい」

長谷部も変なタイミングながら、我に返ったように声を張った。その様子を見て、綾子はくすりと笑っている。

「じゃあ覚本さん、漫画で使ってくださいな」綾子はいたずらっぽく言った。

「そういうシーンがあったらな」

そう言い返したところで覚本たちは広場を抜けた。目の前にはＪＲの高架があり、手前の道を渡れば有楽町の駅に入れる。

「おい、どこ行くんだ？」

道を渡って駅の改札を目指そうとする覚本に、長谷部が慌てたように声をかけてきた。

「どこって、帰るんだが」

「どっかそのへんで飯食いがてら、一杯飲《や》ろうぜ」

長谷部はそうするのが当然だと言わんばかりの口調だったが、覚本は「いや」と断った。

「別に腹は減ってないし、今日はもう遊びすぎた。早く帰って仕事をしなきゃいかん」

長谷部は歯を剝くようにして何やら怒りの意思表示を示してきたが、そんな顔をされても困るのだった。

「そんな、冷たいこと言わないでさぁ」康子も覚本を引き留めにかかった。「せっかく十五年ぶりに会ったんだから、もっとゆっくり話そうよ」

「いや、もう十分だ」覚本はきっぱりと言った。「康子と次に会うのは三十年後でいい」

「ひどっ」

康子は頬をふくらませている。

「ああ、もう、帰りたいなら帰れ」長谷部は呆れたように言い、行けというように手を振った。

「じゃあ俺たちだけで飲んでいこうぜ」

「あ、私もここで失礼します」綾子が申し訳なさそうに眉を下げた。

「えっ!?」長谷部が愕然とした顔で声を上げた。

「さすがに、覚本さんが仕事をするって言ってるのに、担当の私だけ遊んでるわけにはいかないんで」

「俺のことは気にしなくていいぞ」

覚本はそう声をかけたが、綾子は「いえいえ」と譲らなかった。

「すいません。今日は本当にありがとうございました」

改まって礼を言う綾子に対し、長谷部は「あ、いや、はい……」と複雑そうに応じた。

「じゃあ、ダボくん、二人で飲も！」

そんな言葉とともに康子にがしっと腕をつかまれた長谷部は、泣きそうな顔をして覚本たちを見ていた。

次の日の夕方、覚本がいつものファミリーレストランでネームを切っていると、長谷部がのっそりと店に入ってきた。

また来たのかと覚本は舌打ちし、放っておくつもりで手もとのネームに顔を戻した。すると長谷部は覚本の席まで来るなり、いきなり覚本の首に手を伸ばしてきた。

「お前はどうしていつもそうなんだ」

そんなことを力み口調で言いながら、覚本の首を絞め、揺さぶった。

「ご挨拶だな」覚本は首にかけられた手を振りほどいて言った。

「昨日のお前の態度よりましだ」長谷部は吐き捨てるように言い、覚本の隣に座りこんだ。

「せめて向かいに座れ」

覚本が言っても長谷部は聞こうとせず、うっとうしい顔を寄せてきた。

「お前は、俺があのライブチケットを手に入れるのにいくら使ったと思ってんだ?」

「知るか」覚本はあっさり答えた。「携帯壊した詫びなんだろ。いくらかかったかなんて、どうして気にしなきゃいけないんだ」

「携帯代どころじゃねえんだよ。MIYUのライブチケットはプラチナだぞ」長谷部は覚本の頬に唾を飛ばす勢いでまくし立てた。「それをさっさと空気も読まずに帰りやがってよ……康子か?

康子がそんなに気に入らなかったか？　そりゃもったいつけた言い方はしたけどよ、俺だって最初から康子を呼ぼうと思ってたわけじゃねえんだよ。いろいろ予定が狂って、まあ康子ならお前も知ってるし、下手な人間よりいいかと思ったんだ」

「別に康子が嫌で帰ったわけじゃない。昨日も言ったように、仕事がしたかっただけだ」

「仕事なんていつでもできるってんだよ」

「そんなことはない。昨日はＭＩＹＵのライブで気持ちも乗って、はかどったからな。やっぱり帰ったのは正解だった」

　覚本はそう言い返し、長谷部の前にメニューを回した。

「注文しろ。店員が待ってるだろ」

「この店で一番高いの頼んでやる。お前の奢りだ」

　長谷部はそんな子どものようなことを言い、実際に国産牛ロースステーキ＆エビフライにスープやライス、ドリンクバーなどがすべて付くセットを頼んだ。

　そして、どうだというように挑戦的な目で覚本を見てくる。

「馬鹿か」

　覚本は呆れ加減の吐息をつき、それから続けた。

「どうでもいいけどお前、西崎さんは浮気を許してくれるような都合のいいタイプじゃないぞ」

　覚本の言葉に長谷部は一瞬、狼狽したように目を泳がせた。しかし、すぐに気持ちを切り替えたらしく、軽く咳払いしてから、分かっているなら話は早いとばかりに身体を寄せてきた。

「そんなもん、いつまでこだわってると思ってるんだよ。それはそれ、これはこれだ。俺はいつでも臨機応変なんだよ」

覚本が馬鹿馬鹿しくなって冷ややかな視線を向けていると、長谷部は逆に生き生きとした目になって見返してきた。

「昨日の彼女の話、聞いたかよ？　人生で大事なのは、始めの一歩より途中の一歩だって……俺はしびれたね。結局、人の豊かさっていうのは、こういうことなんだと思ったよ。人生をああやって深く考えられる女と一緒になれば、男の人生もどんどん豊かになっていくんだよ」

「お前が普段、何も考えてなさすぎなんだろ」

覚本はそう言ってやったが、長谷部の耳には入らなかったようだった。

「最初の〝銀河系〟前哨戦で会ったときから気にはなってたんだよな。でも、昨日一緒にライブを観て確信したね。彼女だよ。西崎さん……綾子さん」

確かに昨夜の綾子は、ＭＩＹＵのライブを観てボロボロ泣いたり、人生を熱く語ったりと、仕事モードではない表情豊かな素顔をさらけ出していた。ライブ鑑賞を企画した長谷部の狙いを考えれば、そんな彼女に惹かれるのも不思議ではないし、それは長谷部の言葉を聞くまでもなく、昨夜のあの場で薄々感じられたことでもあった。

「だから、また何かやろうぜ」長谷部は覚本の肩に手を置き、ねだるように言った。

「俺を巻きこむな」覚本は冷たく返した。「会社のメアド教えてやるから、勝手にやれ」

「馬鹿野郎」長谷部は耳もとで覚本を罵った。「ちゃんと考えろよ。自分で言うのも何だが、俺は出会いのあの会で、彼女に人間性を誤解されてるはずなんだよ」

「誤解も何も、自分の口で好き勝手言ったことだろ」

「何にしても、マイナスの印象を与えちまったってことだ」長谷部は言う。「だからな、まずは顔を合わせる機会を作って、打ち解けることで徐々に印象を変えてもらうことが必要なんだ。攻めこむのはそのあとだ」

それだけ慎重に構えているということは本気の裏返しなのだろうが、それにいちいち相手になってやらなければならないと思うと、うんざりする気分のほうが強かった。

「じゃあ、タマケンにでも相談しろ」とりあえず、そう言っておいた。

「タマケンか……あいつは頼りにならないけどな」

ぶつぶつ言いながらも長谷部が連絡を取ると、玉石はちょうど吉祥寺に来ているらしかった。

長谷部が牛ロースステーキやエビフライをがつがつ食べているところに、玉石が姿を現した。

「うわぁ、ヘビーなもん食ってますねえ」

玉石は見るだけで胃がもたれると言わんばかりに腹をさすりながら顔をしかめてみせた。

「原稿上がったのか？」覚本は訊いた。

「いえいえ、原稿は覚さんと同じくらいに上がってますよ。『フロンティア』とのタイムラグがありますから」玉石は答えた。「まあ今はいろいろ慣れなきゃいけないんで、お菓子を持ってったりとか、犬の散歩をしたりとか、そういうとこから日々こつこつやってる感じで」

「緑川優は犬の散歩をさせせんのか？」長谷部がステーキを頬張りながら言う。

「こっちが気を利かせてってことですけどね。フレンチブルで割と愛嬌あって、可愛いんですよ。公園あたり散歩して歩いてると、うららかすぎて、漫画編集者ってこんな爽やかな仕事だったっけって思っちゃいますよ」玉石はそう言って、にこやかに笑った。

担当替えさせられたときは不満を隠していなかったはずだが、いざ緑川優の担当に付いてみると、玉石の性に合っていたらしい。顔色も少しよくなっているように見える。

その玉石も、長谷部の話を聞くと、苦笑に驚きと呆れを混ぜたような表情を見せた。

「西崎ですかぁ……ダボさんもチャレンジャーですねえ」

「タマケンは近くにいすぎて、彼女のよさが見えなくなっちまってるんだ」

長谷部は真面目な顔をしてそう言い、空いたグラスを持ってドリンクバーのほうに行った。

玉石は微妙な表情を浮かべたまま、覚本を見た。

「西崎は浮気なんか許すタマじゃないですよ」

「それは俺も言った。とりあえず、それはいいんだと」

「はあ……そりゃ、本気っぽいですねえ」

「それでだ」長谷部はグラスにウーロン茶を注いで戻ってくると、話を続けた。「何とかだな、綾子さんが参加してくれるような企画を考えたいんだよ。最初の合コンがあんなんだったから、印象を変えるためにも、もう少しじっくりいきたいんだ。タマケン、何かアイデアないか？」

「うーん、西崎をと言われましても……」玉石は困惑気味になっていたが、そのうち、頭の中にいろんな考えがよぎっているかのように表情が変わってきた。「うーん、そうだな……でも、どうかな……」

「何だ、何がある？　言え」長谷部がせっつく。

「いやあ、正直、ダボさんのためだけ考えたところで頭が回らないんで、目下の僕の関心ごとを抱き合わせての話なんですけどね……でも、これやっぱり難しいよな……」

「何だ、もったいつけんな」長谷部が苛立ったように言った。

「覚さんの名前で話が通ればだけどな……」

「俺を巻きこむなよ」

覚本はそう言ったが、長谷部が「巻きこんで構わん」と押し切った。

「いや、僕が優さんの担当をやってて、覚さんも優さんと知らない仲ではないわけじゃないですか」玉石が慎重な口ぶりで言う。「だから、『エンデバー』の創刊号が発売されるのを機に、一度、優プロと覚本プロと合同で、アシスタントも交えて打ち上げみたいなのをやったらどうかなって思うんですよ」

コーヒーを口にしながら耳を傾けていた覚本は、危うくそれを噴き出しそうになった。

「何だそれ？　どっからそんな発想が出てくるんだ？」

「いや、この前、ダボさんが優さんと合コンしようなんて言ってたときは、さすがにないなって思ってましたけど、打ち上げってことなら、ありなんじゃないかなって思うんですよね」

「あるか！」覚本は言下に切って捨てた。

「いやいや、でも、雑誌の創刊っていうのは、やっぱり特別ですから」

「特別だろうと何だろうと、師弟筋でもないとこと合同でやるなんて、聞いたことがないぞ」

「そこはだから、ノリですよ」玉石はそう言い、何やらぐふふと気持ち悪い笑い方をした。「いや、実はですね、優さんのとこに一人、可愛いアシスタントがいるんですよ。沙希ちゃんていうんですけどね。僕もちょっと、じっくり彼女と話せる機会がないかなって思ってたとこなんですよ」

「そんなことか」覚本はしらけ気味に言った。

「いいじゃないですか。やれば楽しいですよ」

「向こうだって、そんな話には簡単に乗らんぞ」

「そこは何とか、うまく持ちかけてみますよ」

「ちょっと待て」長谷部が口を挿んできた。「覚本のとこと緑川優のとこが合同で打ち上げやるのはともかく、それで俺はどうなるんだ？」

「飛び入り参加でいいじゃないですか」玉石が言う。「覚さんもいるし、僕もいるし、相馬くんもいるし、西崎もいるわけだから、ダボさんが来たって、何の問題もないですよ」

「おお、なるほど！」玉石の考えを理解した長谷部は見る見る顔を輝かせた。「そりゃいいな！グッドアイデアだな！」

「何がいいんだ。お前ら、俺を出しに使うことばっかり考えやがって」

覚本はそう言って抵抗感をあらわにしたが、玉石と長谷部はすっかり気持ちを決めてしまっていた。

4章　熱中のるつぼ

1

「こんにちはー」

にこやかに挨拶を口にしながら、担当編集者の玉石研司が仕事場に入ってきた。

「こんにちはー、こんにちはー」

アシスタントたちにも愛想を振りまきながら優の机のほうに近づいてくる。

「お疲れさん」

このところ毎日顔を見せに来るので、優もこの新しい担当編集者にだんだん慣れてきた。

「お疲れさまです。これ、差し入れのお菓子です」

「ありがと」

ちょっと前に胃を壊したらしく、最初に挨拶に来たときはずいぶん青白い顔をしているなと思ったが、その頃に比べれば最近は血色もよくなってきた……というか、表情がやけに明るくなってきている。今日もそうだ。

「沙希ちゃん、ちょっとみんなに紅茶いれてくれる？」

優はアシスタントの北本沙希に声をかけ、ちらりと玉石の顔を盗み見た。案の定、玉石は頬を緩めながら沙希のほうを振り返り、「じゃあ、これ、お願いするね」と猫撫で声で彼女にお菓子を渡している。

沙希は二十三歳で、優のアシスタントの中では一番若く、ルックスも愛らしい。それでいて十代の頃から磨いてきた絵の腕もなかなかのもので、意外とプロ向きの芯の強さも持っている。紙の上で独自の世界観を作ることができるようになれば、デビューも夢ではないだろう。本人は志を持っているようなので、優はそういう意味でも可愛がっている。

玉石はどうやら、その沙希がお気に入りらしい。気持ちは分からないでもない。しかし、それが時折顔などに出てしまっているので、最初は文格社のコミック局には珍しいイケメンだなと思った印象が、今では、どう考えても大した男ではないなという評価に変わってしまった。

その玉石は、ほかのアシスタントたちの仕事の様子をちらりと見やり、ふと気づいたように優を見た。

「あ、もしかして、もう次のペン入れに入ってるんですか？」

「そうだけど」

「フロンティア」から「エンデバー」に移った際にタイムラグがあり、執筆スケジュールにも少し余裕ができてしまった。昨日までは以前から頼まれていたポスターの絵をアシスタントと一緒に仕上げていたのだが、それも終わり、遊んでいても仕方がないので、次の回の連載原稿に取りかかっている。

「そうですか」玉石はほんのわずか戸惑い気味に相槌を打った。「ちなみにネームはどうなってますかね？」

「ん……見るの？」

「いいですかね？」

別に隠しているわけでもないので、優は机の上にあるネームを彼に渡した。前任の米山はまったく見ようともしなかったので、勝手が違い、何となく落ち着かない気持ちはあった。

「ではでは」

玉石は優からネームを受け取ると、優の机のそばにほとんどオブジェとして置かれてあるココナッツチェアに腰かけて、それを読み始めた。その間に、沙希が紅茶と玉石が差し入れたラスクをみんなに配って回った。

「ふむ、なるほど……ありがとうございます」

玉石は礼を言って、ネームを優の机に戻し、沙希がいれた紅茶を手にした。沙希がその紅茶を持ってきたときだけは表情が緩んだが、ネームを読んでいるときは渋い表情をしてうなっていた。そして、「なるほど」以外に感想のようなものを口にしなかったので、優は少し気になった。

「何か？」優はぼんやり突っ立って紅茶をすすっている玉石に問いかけてみた。「気になることでも？」

「あ、いや」玉石は我に返ったような目で優を見た。「とりあえず、優さんのネームっていうのはどんなものなのか見てみたかったもので」

正式に担当を米山から引き継いで以来、玉石は土屋の指導でも受けたのか優のことを「優さん」と言いにくそうに呼び始めたが、徐々にそれも言い慣れてきたようだった。

「もちろん、ネームを読ませていただいた限り、今回も『おちゃのこ』らしさが出てる話になってるなと思いました」

「『おちゃのこ』らしさって？」

思わせぶりに振る舞った割には曖昧な感想を寄越してきたこの新しい担当者を何となくいじめてみたくなり、優はそう問いかけてみた。

「それはまあ、何ていうかやっぱり、チャコちゃんの周りを巻きこんでいく勢いだったり、天真爛漫な可愛らしさだったり、そういう魅力がしっかり出てるってことですよ」

「ずいぶん浮かない顔して読んでたから、何かあるのかなって思ったけど」

当たり障りのない模範的な回答が返ってきたのでそうつついてみると、玉石は微苦笑しながら鼻をかいてみせた。

「いえいえ、ネームを読むときは、集中してる分、どうしてもあんな感じになってしまうわけで……僕の場合、困ったときも感心したときも、同じようになったりするんで、よく誤解されるんです」

「さっきのはどっち？」

「もちろん、感心しました」

「ふーん」

変に一家言持って作品をあれこれかき回そうとする編集者だとやりにくいが、どうやら玉石はそういうタイプではなさそうだな……優がそんなふうに考えていると、彼は言葉を足すように口を開いた。

「まあ、僕も今、『おちゃのこ』の今までの作品やアニメも含めて勉強し直してるとこなんで、またいずれ建設的な意見が言えるようになれば、そのときには優さんにも聞いていただこうと思ってます」

やはり、何かしら口を出したいタイプではあるらしい。

「別にどうでもいいけど、私は私のペースでやるわよ」

口を出してもらうのはけっこうだが、結局のところ、「おちゃのこさいさい」のことを一番真剣に考えているのは作者である自分なのだ……それは優がこの作品を十五年描き続けてきて、少しも揺るがなかった信念である。入れ替わり立ち替わり担当に付く編集者がどれだけ確かな教養と漫画に対する見識を持っていようと、その部分で彼らのもっともらしい意見は、優の直感よりも劣ってしまう。「おちゃのこさいさい」が「おちゃのこさいさい」であることの責任を取れるのは、やはり優自身しかいない。

ただ一人、「おちゃのこさいさい」のことをよく分かってくれていると思っていた編集者はいた。土屋の意見は、優の感覚の延長線上にいつもあった。「おちゃのこさいさい」への愛情も強かった。

そう感じさせられただけかもしれないが……口のうまい男だから。

「もちろん、優さんのペースを乱そうと思ってるわけじゃありませんので」

玉石が笑みをかすかに引きつらせて言った。

「ふーん」

まあ、これくらい牽制しておけばいいかと優は納得し、自分の原稿に戻ろうとした。

しかし、玉石はまだ話をしたいらしく、カップを持ったまま、少し腰をかがめてきた。

「ところでちょっと話は変わるんですが……」

玉石は少し声を落として言った。

「何……？」

「いえ、仕事のことじゃないんです」玉石は断りを入れてから続けた。「スケジュール的にも多少余裕がありそうですし、創刊号が出たら、一つ打ち上げでもどうかなと思ってるんですけど」

「打ち上げねえ……どういうの？」優は紅茶をすすりながら、玉石をちらりと見た。

今この部屋にいるメンバーでこぢんまりとご飯でも食べるということなら別に拒む理由はないが、編集長やコミック局の幹部がぞろぞろと顔を出すような会であれば、うっとうしい気分のほうが先にくる。特に土屋とはしばらく顔を合わせたいとは思わないので、変に一席設けられても困る。創刊記念パーティーの話は聞かないが、もしそういうのがあっても、欠席しようと思っていたくらいだ。

そういう思いがあって問い返してみたところ、玉石は苦笑いのような表情を見せて答えた。

「いや、実はですね、僕、覚本さんの担当を以前やってて親しいんですけど、その覚本さんが、優さんのとこと一緒に打ち上げをやろうじゃないかって言ってるんですよ」

優は飲んでいた紅茶を噴き出し、危うく原稿にかけてしまうところだった。

「あ、大丈夫ですか？」

「は？　覚本くんがそんなこと言ってんの？」優はティッシュで口もとを拭いながら訊いた。

「はい」玉石は話を保証するように、きりりとした顔を作ってうなずいてみせた。

「お兄ちゃんのほうじゃなくて、あの覚本くんでしょ？」

「そうです」

覚本とはパーティーなどでたびたび話をしているし、同い年ということもあって、それほど遠慮がいらない漫画家仲間ではある。

しかし、優の担当が自分と親しいからといって、そんな話をノリで持ちかけてくるようなタイプではないはずなのだが……。

「何でまた……」

「うーん」玉石は思案顔で首をひねってから言った。「やっぱり、創刊号が出るってことで気合が入ってるっていうか、テンションが上がってるっていうか、そういうことですかねえ……それに仕事場も近いですし」

「仕事場が近いって……」

優は、しかつめらしい表情が似合う覚本の顔を思い出し、いったい何を言い出すのだとおかしくなってきた。失笑していると、玉石も頬を緩め、「どうですかね?」と反応をうかがってきた。

「そうね……考えとくわ」

面白い話ではあるなと思った。

2

「このイチゴショートを一つ」

奈留美は仕事帰り、マンションの最寄り駅である成城学園前のパティスリーに足を向け、ショートケーキを買った。会社のある赤坂近くで買ってもよかったのだが、帰宅ラッシュの満員電車に揉まれることを考えると、自宅近くで買うほうが無難に違いなかった。

若い店員はイチゴショートをショーケースの裏から一つトレイに移すと、注文の続きを待つように奈留美を見た。

「あ……じゃあ、あとこのコーヒーロールを」

一人で食べるだけなのに、二つ頼んでしまった。

明日食べればいいか。

ケーキが入った紙袋を手に提げて、マンションまでの道を歩く。

とうとう今日で三十歳になってしまった。

四月生まれは同級生の中でも最初に歳を取ってしまうから、何だか損だなと昔から思っていた。同級生のほとんどはまだ二十代なのに、自分は三十代だ。

同級生の友達とは名古屋にでも帰らない限り会うことはないから、関係ないけど……。

でも、気持ち的には、やはり微妙だ。

そんな誕生日でも、誰か一緒に祝ってくれる人でもいれば話は違ってくるが、そうではないから嫌になる。本当は自分の中で、「忘れちゃってた」くらいの感覚でスルーしようかなと考えたものの、そうは言っても三十という区切りだしなとも思い、ケーキくらいは買って食べることにしたのだった。

マンションに帰った奈留美は、小分けして冷凍しておいたご飯をレンジで温め、手早く作った野菜炒めや豚肉の卵とじや味噌汁などと一緒に食べた。

風呂に入ったあと、ニュース番組を観ながらショートケーキをつついた。これが誕生日の最大のイベントだと思うと侘しいことこの上ないが、ケーキそのものはおいしかった。

甘いものが身体に染みていく。それを実感するくらい最近は疲れている自覚がある。

婚活は疲れるのだ。

週に二回の合コンをこなしていくのは、まさにブレーキの壊れたダンプカーの所業である。並みのバイタリティでは続かない。単に合コンに参加するだけならば、その場を楽しめばいいが、〝不屈のライオン〟では目ぼしい男のメアドをゲットして、メール攻撃でとりあえずでも関係をつなぎとめておくことがメンバーのスキルとして要求されている。そこから関係が発展するかもしれないし、次の合コンの機会が生まれるかもしれないからだ。

しかし、これがなかなか大変なのだった。一回飲み会の席で話をしただけの相手に、そうそうメールすることも浮かばない。

「映画の感想でも、おいしかったご飯のことでも、頭に浮かんだポエムでも何でもいいから、自分のことをとにかく打てばいいのよ。相手を自分のメルマガの読者だと思って、『日刊奈留美』を送るつもりでやればいいの。返事なんか気にしないでやってみなさい」

そう言う美鈴は「日刊美鈴」を文字通り毎日、五十人近い〝読者〟に対して送り続けているらしい。そんなメールをもらって喜んでいる相手は何人いるのだろうか。

〝不屈のライオン〟と呼ばれる理由も分かる気がする。

奈留美はまだメアドを交換しているのは五人だけだが、とても毎日はメールできない。一番初めの合コンで知り合った男とは、向こうからの返信がなかっただけで、すっかりメールしづらくなり、最近はまったく送っていないし、三回目の合コンで知り合った男からはメールを交わしているうちに食事に誘われたものの、よく考えれば何だか違う気がして、適当な理由をつけて断ってしまった。どうして食事を断るような相手と一生懸命メールをしていたのか、さすがに自分でも反省が必要だなと思った。

チャラチャラと軽く見える男は好きではないのに、合コンの席で気安く声をかけられると、何となくいい人っぽく思えてしまい、〝不屈のライオン〟の一員としては、とりあえずメアドをゲットしておこうということになる。しかし、やはり冷静になると、仲よくなったところで発展性があるとは思えないから、会っても仕方ないだろうということになってしまう。

そう考えると、青山の合コンで知り合った覚本という漫画家は、そんなタイプとは違っていたなと思う。最初は取っつきにくく見えたが、話してみると、案外そうでもなかった。漫画の話になると、やけに熱っぽく語り出したほどだ。

メールを送ると返事もちゃんと来る。ただ、向こうからはメールしてこないし、もう一度会ってもいいような意思を匂わせる文面も入れてこない。そのあたり、それほど奈留美に対して積極的になるほどの気持ちは持っていないようで、奈留美としてもどう動いたものか悩ましいところなのである。

距離は感じるし、うまくいくようなイメージは持てない……。

ふと携帯電話が鳴り、はっとしたが、液晶画面を見て実家の母からだと分かり、何だか切なくなった。

誕生日おめでとう、身体に気をつけなさいというありがたい気遣いを受けて母からの電話を切ると、奈留美は小さくため息をついた。

バースデイブルーだな。

そんな言葉があるのかどうか知らないが、ふと思いついて、しっくりきてしまった。ありそうな言葉だ。

美鈴のメルマガ方式でいくなら、こういう寂しい誕生日を送ってしまったとつらつらつづったメールを、みんなに発信するわけだが……そうしたら、意外と相手の気を引けたりするものだろうか？

奈留美は考えているうち、少し本気になりかけてしまい、いやいやと我に返った。さすがにそれは〝痛い〟というものだ。

冷静になったところで、いい案が頭に浮かんだ。

ヌエさんに送ればいいのだ。

彼女なら、そんな愚痴でも聞いてくれるだろう。

奈留美はパソコンを開いてヌエにメールを送り、それから寝た。少し気分的にすっきりしたのか、それとも疲れていたのか、よく眠れた。

翌朝、朝食代わりにコーヒーロールを食べながらパソコンを覗いてみると、ヌエからのメールが返ってきていた。夜のうちに返信してくれたらしい。

ヌエです。

ナルミさん、誕生日おめでとうございます！

花の三十代へようこそ！

ブルーになることなんて、ありませんよ。

大丈夫。ヌエが見る限り、ナルミさんは順調です！

いい感じに悩んで、いい感じに進んでると思います……。

相変わらずポジティブなことを言ってくれる人だな……奈留美は苦笑混じりに読み、しかし最後には、すっかり励まされていた。

さすがヌエさん、メールしてよかったと思った。

また今日からがんばっていこう。

朝から心に栄養補給し、いい気分だった。

会社に行く支度をしてマンションを出た奈留美は、エントランスから表通りに出る階段三段をえいっと跳んだ。

三十代、楽しいかもしれない。

3

四月も二週目に入った火曜日、「コミックエンデバー」がいよいよ創刊された。

一時は部外者のような疎外感を味わいながら冷めた気持ちで行方を見守ろうとしていた玉石も、「おちゃのこさいさい」の担当として気持ち的に割り切ったあとは、それなりの充実感をもって創刊を迎えることができた。

部内の打ち上げは校了明けに軽く行われたが、創刊号が全国各書店の棚に並んだ二日後、第二号の校了明けに、覚本プロと優プロの合同という異色の打ち上げが実現の運びとなった。

玉石が幹事となって、渋谷の繁華街からは少し外れたところにある、隠れ家風の個室ダイニングに予約を取った。二十人程度なら余裕で入れるパーティールームがあり、使うかどうかはともかく、大画面テレビやカラオケなどもそろっている。

江川編集長ら上のほうが気を遣って顔を出すと言い出さないよう、部内では秘密裏に事を運んだ。優から土屋局次長に話が洩れて、珍しい企画に何か牽制が入ったりしないかと思ったが、どうやらそういうこともなさそうだった。経費としては綾子と割ればいいので、難しい問題ではない。綾子はこういうイベントには協力的だ。もちろん、玉石の思惑は明かしていない。

予定時刻の七時少し前に、まず長谷部が現れた。飛び入り参加のはずの人間が一番先に来るというのは不自然と言えば不自然だが、気負っている者の性として仕方がない面がある。

「西崎はちょっと雑用があって遅れてくるらしいですよ」

会社を出る前、編集部で顔を合わせた綾子の様子を伝えると、長谷部は出鼻をくじかれたように顔をゆがめた。

「何で主役が遅れてくるんだ」

「いやいや、西崎は思いっ切り脇役ですから」

長谷部は舌打ちすると、近くのソファに座りこんで足を投げ出した。

そこへ緑川優がアシスタントたちを伴って姿を見せた。

「あ、お疲れさまです」

長谷部の相手などしている場合ではなく、玉石はきびきびと動いて優を部屋の奥に通した。

優はさすが仕事場で目にする格好とは違い、シックな茶系のワンピースにハイヒールで決めていた。眼鏡も取り、コンタクトをしているようだ。北本沙希らアシスタント三人とマネージャーの大倉郁美が彼女に続いた。

「えっと、じゃあ、優さんはそこに座ってもらいましょうか」

優からスプリングコートを受け取った玉石は奥にあるソファのそれらしいところを優に勧め、沙希たちにも適当に座ってもらうように言った。

今日の沙希は仕事中後ろにまとめている髪を下ろしている。その変化だけでもやけに新鮮であり、可愛らしさが二つの味で楽しめるような、得をした気分になれた。

前任の米山を捉まえて、それとなく訊いたところ、沙希は優プロの中でもアシスタントとしては一番新しい子なのだという。それらしく、ここでも優から離れた末席に場所を取っている。玉石はすぐにでもその隣に座りたかった。

「どうもどうも、覚本の友人で……」と優に軽い挨拶をした長谷部が、玉石と視線を合わせると、あれか、あの女か、というように変な目配せで沙希をちらちらと指した。玉石は咳払いで首を小刻みに動かして応えた。

次に到着したのは相馬だった。会社帰りのスーツ姿で現れた彼は、「いやあ、一本道を間違えて迷っちゃって」と言いながら、何の気なしに沙希の隣に座ろうとしたので、玉石は後ろから彼の膝関節を突いてやった。

「うっ……えっ？」

膝をがくんと折った相馬が何事かと玉石を見た。

「相馬くん、せっかく優さんにお会いできたんだから、隣に行って、プロへの道を説いてもらったらどうだ？」玉石はそう言って、相馬を奥へと引っ張った。

「いや、でも恐れ多いなぁ」

普段、覚本に対して散々大口をたたいている男が何を言っているのだ……玉石は呆れながらも、相馬を優に紹介してやった。

「いやあ、僕、『おちゃのこ』は昔からずっと読んでましてね、受験勉強してた頃も、片手に慶応の赤本、片手に『フロンティア』みたいな感じでしたよ。親にはそんなんで受験大丈夫かって思われてたみたいですけど、それでもまあ、普通に受かっちゃいましたよね。経済学部ですけどね……」

口を開かせてやれば、相変わらずの相馬節が飛び出している。優もどうあしらっていいのか分からないような顔をして聞いている。

「遅くなりましたぁ」

そう言って現れたのは、覚本のところで玉石の担当時代からアシスタントを務めているチーフの高津だった。若いアシスタントも三人付いてきている。

「先生は切りのいいとこでってことで、とりあえず僕らだけ先に出てきちゃいました」

スケジュール的には余裕があるはずだが、なかなか机を離れないのは、覚本らしいと言えば覚本らしい。電車二、三本分くらいの遅れだろうということだった。

「どうも、お疲れさーん」

奥から相馬が高津たちを呼び寄せた。

「じゃあ、とりあえずみなさん、ビールか何か好きなのをそれぞれ頼んでもらって、覚さんが来たら、シャンパンでも開けましょうか」

玉石はそう言って、店員に注文を取ってもらい、ついでに大皿の料理もいくつか頼んだ。そのままごく自然な動きで沙希の隣に腰を下ろした。

飲み物が運ばれてきても、まだ覚本は到着していなかったが、構わず乾杯することにした。

「お疲れさまでーす！」

「お疲れさまでーす！」

大人数のため、みんなとグラスを合わせることはできなかったが、隣の沙希とはしっかり合わせ、酒のつまみとしては最高の笑顔をもらった。

「よし、じゃあ自己紹介からいくか」

長谷部の言葉に、玉石はグレープフルーツジュースでむせそうになった。

「ダボさん、合コンじゃないんですから」

玉石が小声でいさめると、長谷部はすっかり合コン気分でいたらしく、「あ、そうか」と口走っていた。

「ははは、本当に合コンみたい」

優プロのマネージャー・大倉郁美が言い、アシスタントたちが朗らかに笑った。

「どうせならやれば？」優が気の利いたことを言った。「郁美ちゃんがうちのメンバー、紹介してあげなよ」

おぉと長谷部たちが歓声を上げ、郁美が優プロのメンバーを紹介した。

「……で、一番向こうが優プロのマスコット、去年の暮れに入ったばかりの北本沙希ちゃんです」

「よろしくお願いしまーす」

「マスコット」と言われて照れた様子を見せながら、沙希がみんなに挨拶した。

「沙希ちゃんはいくつですか？」

玉石が狙っている相手ということで興味があるのか、長谷部がそんな質問を沙希にぶつけた。

「二十三です」

「へえ、若く見えるねえ」長谷部はそう言って、優に声をかけた。「えっと、優さん、好きな男性のタイプとか訊いたりするのはＯＫですか？」

綾子がいないこともあり、長谷部は気楽なものだ。みんな笑っている。

「いいけど、沙希ちゃん一人に訊くのはおかしくない？」

優が言って、さらにみんなが笑った。

「じゃあ、みんなに訊いていきますよ」長谷部が調子に乗って言う。「とりあえず、沙希ちゃんから」

「えー、私ですかぁ、そうですねえ……」沙希は困ったように笑いながら考えている。「やっぱり、頼りがいがある人ですかね」

「頼りがいって、具体的には？」玉石は思わず訊いていた。

「うーん、男らしいっていうか、生命力の強そうな人ですね」

「ああ、分かるー」マネージャーの郁美が言った。「無人島で生き残れそうな人でしょ？」

「そうです、そうです」沙希は声を弾ませてうなずいた。「あと、こう、ご飯とかいっぱい食べちゃうような人」

「分かるー」

女性陣の間で共感が広がる中、長谷部が笑いをこらえながら、玉石を見ている。

「ご、ご飯をいっぱい食べるって、頼りがいからずいぶん離れちゃってるんじゃないかな？」玉石はそれとなく疑問を呈してみたが、郁美から「そこはイメージで」と返されただけに終わった。

別に深刻に考えるほどのことではないだろうが、ピンポイントで自分の弱点を突かれたような気もして、心のダメージから立ち直るのに少し時間がかかった。ほかの女の子の話はほとんど耳に入ってこなかった。

「じゃあ、優さんはどうなんですか？」

長谷部が優まで回したところで、玉石はかろうじて気持ちを取り戻した。

「私？　うーん、そうねえ……」

自分にまで振られると思っていなかったのか、優は困ったように笑いながら考えていたが、やがて答えた。

「人の気持ちが分かる人じゃなくて、人の気持ちになれる人……かな」

「ほう、その心は？」相馬が訊いた。

「人の気持ちが分かる人は、それを逆手に取って利用するかもしれないでしょ。でも、人の気持ちになれる人は、そうはしない」

「ほおう」「なるほど」

男性陣から感嘆の声が洩れた。

「含蓄あるー」「大人の言葉ねー」

優のアシスタントたちからも、褒めそやすようにそんな声が聞こえてくる。

玉石もみんなと同様、優の言葉にうなっていたが、同時に彼女の複雑な心の内を垣間見たような気もしていた。

男女の仲は当人同士にしか分からないとはいえ、土屋との不倫が順風満帆だとは思えない。そもそも順風満帆な不倫関係などないだろう。

土屋は「人の気持ちが分かる人」か、それとも「人の気持ちになれる人」か……そう考えると何とも意味深で、優が彼のことを心のどこかで意識しながら口にした言葉であるように思えるのだった。

その後、男性陣のほうにも話題が回ってきたが、玉石はほとんど聞いていなかった。ただ、長谷部が「聡明で、人生を深く考えられる子」などと言い出したのには、さすがに笑ってしまいそうになった。綾子のことを言っているらしいが、買いかぶりとしか思えないし、「浮気を許してくれる子」から、よくそんなかけ離れたタイプに移れるなというのが正直な感想だった。

「じゃあ、玉石さんは？」

マネージャーの郁美に振られ、玉石は「僕ですか？」と腕を組んだ。「若くて可愛い子」という本音を出してしまうと人格を疑われるらしいことは綾子らとの合コンで学んでいるし、沙希を隣にしたこの場で変な勘繰りを受けてはあとあと動きにくい。何より、担当編集者として、優の気分を害するような発言は慎まなければならない。

「そうですねえ……やっぱり、家庭的な優しさがある人ですかねえ」

玉石は当たり障りのないことを言っておいた。郁美たちは話題として広がりようのない答えに、大した反応もできないようだったが、それは仕方がなかった。

「タマケンも胃を壊して変わったなぁ」長谷部が愉快そうに言った。「前は、とにかく若くて可愛い子がいいって言ってたのに」

「え、いや……」玉石は焦りながら、愛想笑いで取り繕った。「そうなんですよ。身体を壊してから、いろいろ考え方も変わって」

「案外その、『若くて可愛い子』ってのが、本音なんじゃないんですかぁ？」

郁美が冗談混じりにそう言い、玉石が「いえいえ」と慌てたので、笑いが上がった。

「玉石くん、別に私に気を遣わなくてもいいのよ」

優にちくりと痛いところを突かれ、みんなが笑う中、玉石は冷や汗をかいた。

参ったなと思っていると、個室のドアが開き、店員に案内された覚本が姿を見せた。ようやく一方の主役である覚本が到着し、玉石は「待ってました！」と手をたたいて、それまでの自分に向けられていた微妙な空気をうやむやにした。

「遅いぞ」

「ふん」

長谷部の野次を受け流した覚本は、何やら不敵な笑みを浮かべて、アシスタントたちが並ぶソファの一角に腰を下ろした。遅刻はしたものの、仕事は切りのいいところまでやり終えたという充実感がその表情から見て取れた。

「じゃあ、シャンパン開けて、もう一度乾杯しましょう」

玉石は店員にシャンパンを持ってきてもらい、全員のグラスに注いで、回してもらった。

「遅れてきたんだから、覚本、何か言え」

長谷部の言葉に乗って、玉石も、「じゃあ覚さん、乾杯の一言、お願いします」と覚本に振った。

「ん……じゃあ、『エンデバー』の創刊を祝して」

覚本は面倒くさそうな顔を見せつつも、グラスを手に立ち上がった。

「漫画に命を懸けてる者なら、今日の酒はうまいだろう。乾杯！」

よほどいいシーンを描いて出てきたらしく、ぶっきらぼうな口調ながらも、やけに格好のいい音頭が決まり、周りからやんやの歓声が上がった。やはり、いい仕事をしているときの覚本は少し違う。

「新連載、なかなか面白いわね」

優が覚本に声をかけ、創刊号に掲載された「わらしべ亡者伝」の感想を口にすると、覚本は一瞬だけまんざらでもなさそうな顔を見せ、それから言葉を返した。

「エールの交換の代わりに俺からあんたに言うことは一つだ。いい加減早く、土屋とは別れろ」

玉石は思わず、一口だけと思いながら口に含んでいたシャンパンでむせ返った。心配していた爆弾が初っ端から炸裂するとは思っていなかった。

「覚さん、それはまあ、いいじゃないですか。何もこんなところで言わなくても」

玉石は笑みを引きつらせながら、覚本に声をかけた。

「そんなにしょっちゅう会うわけでもないのに、今言わずにいつ言うんだ」

「いや、いつとかじゃなくて、今日は打ち上げの場ですし」

覚本の一言によって、乾杯の華やぎはすっかり霧散し、気まずい空気が部屋の中に漂ってしまっている。しかし、そんなことはお構いなしに、覚本はシャンパンをあおりながら続けた。

「打ち上げの場だったら、何が悪いってんだ？　あの男がいるわけじゃないんだから、別にいいだろ」

「いえ、そうかもしれませんけど……」

玉石が取りなそうとする中、覚本は言葉を続けた。

「俺は何も嫌がらせがしたくて言ってるわけじゃないぞ。あれだけ『おちゃのこ』をヒットさせて、成功した漫画家の代表のように見られてる緑川優が、実際には大して幸せでもないような顔をして、日陰の女みたいな生き方に甘んじてるのが俺は嫌なんだ。同じ漫画家としてだな、これだけ多くの人に読まれる作品を描いて、世の中みんなに愛されるキャラを生み出した人間には、もっときらきらとした、幸せそうな顔をしててほしいんだよ」

お節介な言動は、漫画家という仕事に対する敬意と愛情の裏返しであるらしかった。

「俺の兄貴はあんたと初めて会ったとき、本当に嬉しそうな顔して帰ってきたんだよ。『今度、俺と一緒にデビューすることになった子は、すげえ面白い漫画描くし、めちゃめちゃ美人なんだぞ』ってな。そういう、人に憧れられるような人間は、絵に描いたような幸せをつかんで、そうでなくっちゃと人を納得させる義務があるんだよ」

玉石は何も言えなくなった。

すると、優が静かに口を開き、ぽつりと言った。

「別れたわ」

熱く語っていた覚本が眉をひそめて優を見返したが、彼女は落ち着いた顔をしていた。

「嘘じゃないわよ。この前、別れたの。だからもういいでしょ」

優はそう言って、強がるように微笑んでみせた。

「そ、そうか」覚本は気勢を削がれたように、そう応えるしかないようだった。「ならいい」

事実なら大ニュースだ。玉石は沙希ら近くに座っていたアシスタントたちに「本当？」と小声で確かめてみたが、彼女たちは「どうなんでしょう」と首をかしげている。マネージャーの郁美も目を丸くしながら優に身体を寄せて何事か話しかけているのを見ると、本人以外は初めて知る話のようだった。

「いいじゃないか。せいせいしただろ」

覚本が鼻息荒く、めでたいことのように言った。「せいせいした」という言葉だけでは表せない複雑な感情がありそうなものだが、優は「そうね」とさばさばした口調で応えてみせた。

「よし、何か好きなワインでもタマケンに頼め」

覚本が一転、景気づけるように言うので、玉石は優からワインの注文を取り、店員に頼んだ。

一時、気まずくなりかけた空気も、そこから和気あいあいとしたものに変わっていった。覚本自身が率先してピッチを上げ始め、アシスタントたちもそれに釣られるようにグラスを空けるペースが上がったからだった。カラオケのマイクが回され、覚本プロの面々が酔いに任せて陽気に歌い出すと、いっそう会は華やいだ。

そんな雰囲気に安堵した玉石は、その盛り上がりに乗じて北本沙希に話しかけ、彼女との距離を詰めることに勤《いそ》しんだ。

沙希は大学を卒業してから半年ほどＯＬをやっていたものの、高校時代から夢見ていた漫画家への思いが募り、本格的に挑戦しようと決意して、まずは修業のつもりで優プロのアシスタントに応募したのだという。

「へえ……でも、アシ歴なしですぐに採用されたってことは、よっぽどセンスが光ってたんだね」

玉石は彼女をいい気分にさせるような反応を挿みながら話を聞いた。

「全然自信なかったんですよ。学生のときに一回持ちこみしたんですけど、編集者さんにけっこうボロボロに言われて、アシスタントも務まるかどうか不安だったんです。でも、先生は『なかなかいい絵描くわね』って言ってくれて、もうこの人に付いていこうって思いました」

沙希はアルコールに頬を赤らめながら、一生懸命自分の話をしてくれた。

「学生のときに持ちこみしたのはどこ？」

「『少女ライフ』です。先生は、編集者さんもいろんなタイプがいるから、いちいち気にしなくていいなんて言ってくれますけど」

「まあ、気にしすぎがよくないっていうのは、確かにあるんだよね。編集者もそれぞれ真面目に原稿を読んで、ここが駄目、こうしたほうがいいって意見を言ってるはずなんだけど、あんまり描き手がそれに対して反応しすぎちゃうと、逆に自分のよさを見失っちゃって、平凡なものしか描けなくなっちゃうってことはありがちなんだよ。だから、僕もデビューを目指してる人の原稿を読むときは、そういうことを頭に入れて、どうアドバイスしたら、デビューまでの最短距離を見つけてくれるかってことをすごく考えるよね。楽しい反面、難易度の高い仕事だと思ってやってるよ」

生命力や食事量ではアピールできないが、編集者としては存分に頼りがいのあるところをアピールしておこうと思った。

「沙希ちゃんの場合、優さんの絵にもタッチが合うんだったら、少女雑誌より、それこそ『エンデバー』みたいな雑誌のほうが向いてたりするんじゃないの？　キャラはどんな感じのを描くの？」

「ああ、『少女ライフ』っぽくはないかもしれません。一応、そのときはラブコメを描いたんで、『ライフ』に持ってってみたんですけど」

「『エンデバー』や『フロンティア』みたいな雑誌だと、大切なのは設定とか、描かれる業界や舞台なんだよね。『○○物』っていうとこにオリジナリティがあると強いんだよ。でも、中身自体はある意味普遍的な人間ドラマであるべきだし、そこがラブコメ的な味つけだったりするのは、一つの作風として全然ありだからね」

「でも、業界物とかって、知識がないと難しいですよねぇ」

「それはいざ連載ともなれば、取材で何とでもなるし、最初は自由に発想していいんだよ。まあ、とりあえずは自分の近いところで勝負するのがいいかもね。半年のＯＬ経験を生かしてもいいし、大学を舞台にしてもいいしね。友達に変わったことやってる子がいたら、ちょっと話を聞いてみるとかさ。例えば、友達に理系の学部に行ってた女の子がいるとするよ。そしたら、理系の女子大生の恋愛ってどんなんだろうって考えてみるわけ。恋のトラブルが発生すると、その女の子は理系頭脳でもって、何とかの法則みたいなのを駆使して解決しちゃうみたいなね。そこが面白くなりそうだと漫画になるから。まあ、一つの例で適当に言っちゃったけど、つまりはそういうことなんだよ」

「なるほど、そういうことですよねぇ」

沙希は玉石の話に説得力を感じたように言った。

「うん、もしやる気があるなら、僕が見てあげてもいいからさ」

「本当ですかぁ？」沙希は嬉しそうに声を上げた。

「『エンデバー』は若手が活躍できる場を担う雑誌でもあるから、どんどん新人にも出てきてほしいんだよ。だから、ネームでいいから、一回描いて見せてよ」

玉石は、創作の上でどうしたらいいか訊きたいことがあれば、遠慮なくメールでもしてくれと言って、沙希に名刺を渡しておいた。

沙希は玉石の名刺を受け取ると、それを大事そうに両手の上に載せたまま、「ありがとうございます。がんばります」と玉石を頼もしげに見つめて言った。

とりあえず、今日の目的は達した。玉石はグレープフルーツジュースをあおりながら、人知れず満足感に浸った。

「タマケン、楽しそうだな」

長谷部が何やら引きつった笑みを浮かべて、玉石の首に腕を回し、力をこめてきた。

「綾子さんはどうなってんだよ？」

耳もとでそう問われ、玉石は、そう言えばまだ来てないなと気づいた。まったく存在を忘れていた。

「あ、もうすぐ来るみたいですよ」

知らないうちに携帯電話に綾子からのメールが届いていたので、よく見ると目が笑っていない長谷部にそう教えてやった。

それから十分ほどして綾子がようやく押っ取り刀の体で現れると、長谷部の笑顔も自然なものになった。

「どうぞ、どうぞ、ここ空いてますから」

長谷部は空いている自分の隣へと彼女を呼び寄せた。

「あ、すいません。この間はありがとうございました」

綾子はそんな言葉を交わしながら長谷部の隣に座り、長谷部があれこれ世話を焼く中、飲み物を頼むと、熱唱中だった高津の歌が終わったところで立ち上がった。

「すいません、遅れてしまいまして」そう言って、彼女は覚本と優に頭を下げた。

「何か、トラブルか？」覚本が訊く。

「いいえ、バイトの子に頼んだアンケートの仕分けが思ったより押しちゃったもので」

「創刊号の順位、出たの？」優がワイングラスを片手にそう訊いた。

「速報の暫定順位ですけど、出ました」

綾子が答えると、優はその先を制するように軽く手を上げた。

「『おちゃのこ』はいいから」優はそう断りを入れた。「『わらしべ』だけ聞きましょう」

「『わらしべ』だけですかぁ？」綾子は、優の言い方に笑っている。

「自分の順位とか興味ないから」優は本気か冗談か、そんなふうに言った。「覚本くんのだけでいい」

「ちょっと待て」覚本が考えこむような様子を見せてから続けた。「十位以内なら今聞く。そうじゃなかったら、終わってから言ってくれ」

それが、酒がうまくなるかどうかのラインらしい。

「そうですか……じゃあ、終わってからゆっくりと」

綾子が作り笑顔で声のトーンを落としながら言うと、覚本は「ん……そうだな」と無理に冷静さを装ったような顔をして応えた。

「……ては冗談で、今、発表しますよ！」

「何だ、どっちだ!?」

揺さぶられてあっけなく冷静な仮面が剝がれ落ちた覚本に、綾子は指を三本立ててみせた。

「『わらしべ』は三位でした。好スタートです！」

「おお！」

覚本プロのアシスタント陣を中心に歓声が上がった。

「そ、そうか」

覚本はまた変に無表情になり、気張ったような声を出した。ワイングラスを手にして、ぐびっとワインをあおった。

「すごいじゃない！」

優がそう言って、楽しげに拍手する。

「ちなみに」綾子はちらりと玉石を見た。「玉石くんが途中まで担当してた有働さんの『シザーキング』は六位でした」

「ほう！」痛快さを隠せないように、覚本の声が大きくなった。「タマケンがあのまま担当に付いてたら、有働ももっといいスタートが切れたろうにな」

覚本はそう言って、またワインをぐびぐびとあおった。

「そうかそうか。滑り出しとしては、まあまあだな」

ことさら落ち着き払ったような言葉とは裏腹に、爛々とした目に並々ならぬ興奮のほどがうかがえた。

普段は翌日に残りそうな酒などは飲まないはずの覚本だが、綾子の報告を聞いてから、一段とペースが上がっていった。

「よし、緑！」覚本は突然、怪しいろれつで優を呼んだ。「お前は『チャコちゃんマーチ』を歌え。俺は『サカライ・トライ・ミライ』を歌う」

覚本は珍しくマイクを取ると、映画「逆人プリズン」の主題歌を熱唱し始めた。

優は愉快そうに手をたたいている。

「みなさん、覚本は戻ってきましたぁ！」

間奏に入ったとたん、覚本がこぶしを振り上げて、そんなことを叫んだ。酔いも手伝っているのだろうが、尋常ではない興奮ぶりである。

「覚さんがあんなマイクパフォーマンスをするなんて」

みんなと一緒に手をたたきながら、玉石は長谷部に笑いかける。長谷部は「あいつのマイクパフォーマンスはあんなんじゃないけどな」とよく分からないことを言った。

歌い終えても覚本の興奮は収まらなかった。今度は顔を真っ赤にしながら、マイクを持った腕をすごい勢いでぶんぶん振り回し始めた。

「うおっ、これだ！」長谷部が声を上げた。「覚本のマイクパフォーマンス、久しぶりに見た！」

「マイクパフォーマンスってこういうことですかぁ!?」

そんな声が飛び、笑いが起こった。

「覚本！　覚本！　覚本！」

覚本コールまで沸き起こり、創刊の打ち上げは深夜まで賑やかに続いた。

4

「は？」覚本は頭痛に顔をしかめながら、机の向こうに座ってニヤニヤしている玉石を見た。「何だそれ？」

「『何だそれ？』って、やだなあ」玉石は机をたたいて笑った。「覚さん、歌ったじゃないですか」

「知らん。憶えがない」

本当は何となく記憶に残っているのだが、覚本はしらを切っておいた。

「『覚本は戻ってきましたぁ！』って絶叫して」

「戻ってきたって、俺はどこに行ってたんだ。トイレか？」

アシスタントたちがそれぞれの机で作業しながら、くすくす笑っている。

「そうじゃないですよ。ほかの売れっ子たちと人気を争う最前線に戻ってきたってことでしょう」

「馬鹿馬鹿しい。たかがアンケートの暫定三位で、何でそこまで浮かれなきゃいけないんだ」

「マイクパフォーマンスまでやってたじゃないですか。ぶんぶんマイクを振り回して、ダボさんが、学生のとき以来に見たって言ってましたよ」

「馬鹿か。マイクパフォーマンスなんて、マイクを振り回すとか、そういうことじゃないだろ。学生のときだってやるわけがない」

おぼろげに憶えている上、今日は右腕がやけにだるく、ペンも思うように進まないくらいなのだが、覚本は認めなかった。

そんな覚本の様子を見ながら、玉石はやはりニヤニヤしている。彼のほうは自分の胃をいたわってジュースを飲み続けていたから、今日も特に普段と変わらない体調らしい。

「いやあ、でも楽しかったですねえ」

「そりゃ、けっこうだったな」

覚本はペンを置いて、重い右腕を振った。近所のラーメン屋で夕食をとることにした。

「緑川は何か言ってたか？」

ラーメン屋に入って、ラーメン定食を頼み、玉石に訊く。

「楽しかったみたいですよ。最初、覚さんがいきなり爆弾投げつけたから、一瞬ひやっとしましたけどね」

「あんなの、どこが爆弾なんだ」覚本はお冷やを一口飲んでから、軽くあごを引いた。「まあ、すでに別れてたとは思わなかったけどな」

「そうですよねえ。あっちのほうが爆弾発言でしたよねえ。西崎もあとから聞いて驚いてました……」玉石はそう言いながら、覚本に顔を寄せ、右手の親指と左手の小指をぶつけるような仕草をしてみせた。「たぶん、『おちゃのこ』の移籍で何かあったんですよ。うちの江川も優さんのとこに挨拶に行ったとき、にらみつけられたって言ってましたから、少なくとも快諾ってことではなかったと思うんですよね。土屋も最近、何かぼんやりした様子だったんですよ。しかし、十五年続いても、男女の仲ってのは脆いもんですねえ」

「不倫だから脆いんだろ」覚本は言った。「結果オーライじゃないか。緑川はもうさっぱりしてるみたいだし、彼女が移籍したことでタマケンは有働の担当から移れたわけだし」

「そうですねえ。結果オーライって言えば結果オーライかも」

玉石は否定しなかった。有働の担当から外されたときは不満をあらわにしていたが、そんな感情はとっくに忘れてしまったらしい。

「でも、ああやって見ると、覚さんと優さんって案外気が合うんですねえ」

「気を遣わないだけだ」

「でも、そういう相手も、そんなにいるわけじゃないでしょ」玉石はそう言って、意味深な笑みを口もとに含んだ。「いっそ、どうですか。優さんもフリーになったことだし、覚さんが意識してみるってのは」

「馬鹿」覚本はそうとだけ言った。

「でも、お兄さんが奪えなかった相手だけに、思うところもなくはないんじゃないですか？」

覚本は玉石を一瞥し、鼻から息を抜いた。

「俺は漫画ももらってんだ。それ以上、兄貴が手にすることができなくなったものを欲しがれるかってんだ」

そう言うと、玉石は決まりの悪そうな顔をして肩をすくめた。

「そんな真面目に取らなくても……軽い思いつきで言っただけですよ」

「そんな馬鹿なこと、向こうにだって言うなよ」

「言いませんよ。昨日でだいぶ優プロにも馴染めた気はしますけど、まだまだそこまで言いたいことを言える関係じゃありませんから」玉石は編集者の顔になって続けた。「でも優さんって、最初思ってたよりは当たりの柔らかい人だなって分かりましたけど、それでもやっぱり、どっか格好つけてるっていうか、すかしてるっていうか、そういうとこありますよね……いやこれ、悪口じゃないですよ。よくも悪くもっていう意味で」

「別にいいだろ。あれくらいの女なら、少しくらい格好つけたって」

「まあ、そうなんでしょうけど、『私はアンケートの順位なんか興味ないわ』っていう姿勢が、僕なんかは担当として、もどかしいところがあるんですよねえ。やっぱりそこは覚さんみたいに貪欲に反応してほしいっていうか……」

「『おちゃのこ』なんて、アンケートを気にする漫画じゃないだろ」

「うーん、そういう言い方で済ませちゃっていいのかな……」玉石は首をひねって言った。「まあ、昨日なんかは十二位っていうのを発表したところでみんなの反応も微妙だったでしょうから、あれでよかったかもしれませんけど、前の担当に訊いても、優さんはアンケートの結果をまったく知りたがらなかったって言うんですよね。僕はそのへんがね、一度上った地位に安住しちゃってるように見えるんですよ。本当はかつての人気をそのまま今も保ってるわけじゃないってことを分かってるのかなって思うんですよねえ」

「アンケートの順位なんて指標の一つでしかないってことは分かってるんだろ」

「でも、覚さんはやっぱり気になるわけでしょ？」

「それは新連載で、ほかに指標がないからだ。ほかのをいくつもくぐり抜けてきた作品には当てはまらん」

「うーん、それはまあ、確かにそうなんでしょうし、周りがそう見るのはいいんでしょうけど、優さん自身が、そうだから『おちゃのこ』はいいんだと思ってるとするなら、ちょっと危ないんじゃないかなって思うんですよね。僕も担当替わって、『おちゃのこ』を初期のから読み直したりしてるんですけど、最近の『おちゃのこ』は何ていうか、ほのぼのしすぎなんですよねえ」

「いいじゃないか。それも『おちゃのこ』の持ち味だ」

「いや、ほのぼのって、持って回った言い方しましたけど、要はぬるいんですよ。チャコちゃんも、最近のは妙に友達思いだったり家族思いだったりするいい子にまとまっちゃってると思うんですよ」

「チャコちゃんは最初からそうだろ」

「いやいや、そんなことないですよ。初期の頃はもっとやんちゃだったし、大人を引っかき回したり、悪ガキたちと目には目をでやり合ったりしてたのに、最近のは平和な話ばっかりでしょ」

「そりゃまあ、担任のえびせんも家族思いってキャラになってるし、ずんだ軍団もずんだくんが転校しちゃったからな」

「そのずんだくんだって、最後はいいやつだったみたいな感じで終わってるでしょ。最近のはそういうまとめ方が多いんですよね。そのへんが読者には物足りなく思えるんじゃないかって気がするんですよ」

「それはそれでいいんじゃないか」

玉石が言うように、最近の「おちゃのこさいさい」にいい話が多いとしても、それは優の描きたいものが緩やかに変化しているだけのことであり、それくらいは好きにさせてやればいいのではないかと思うだけだ。

「だいたい、チャコちゃんみたいな人気キャラっていうのは、描けば描くほど性格も絵も丸くなっていくもんだ。アトムしかり、ドラえもんしかり。それで『おちゃのこ』のパワーが落ちてるとも思わんけどな」

「うーん」玉石は今一つ納得し切れないという顔をしてうなった。「でも、実際には単行本の売れ行き含め、人気面ではかつてのような勢いはなくなってるわけですからね。僕の見方は一般読者の感覚に近いと思うんですよね。そりゃ、このまま優さんの描きたいようにさせてれば、僕も楽ではあるんですけど、やっぱり担当する以上は、人気復活のための力になりたいし、そうじゃないと編集者失格だと思うんですよ。何よりね、こう言っちゃ何ですけど、優さんがかつての人気にあぐらをかいて、漫然と連載を続けてる感じになっちゃってるとこを何とかしたいし、覚さんが『戻ってきました』って言ったみたいに、最前線で戦う気持ちを持ってほしいんですよね」

「漫然とやってて十五年も続かんぞ」

玉石が話している間に運ばれてきたラーメンに箸をつけながら覚本は言った。

「いや、もちろん、すごい漫画なのは承知の上での話ですよ」

玉石は頬を引きつらせるようにして笑みを作り、自分の箸を取った。

玉石は覚本の担当をしていた頃から、どちらかと言えば、意見を言いたがるタイプの編集者だった。なるほどと思うこともあれば、まったく分かってないなと思うこともあったが、とにかく思うところがあれば作家にぶつけなくては気が済まないらしく、覚本も裕樹から引き継いで間もない頃だったから、玉石とは、ああでもないこうでもないとずいぶんやり合った。

結局、そういうぶつかり合いのようなものを編集者の醍醐味とし、玉石は優に対しても望んでいるのかもしれない。

「まあ、そりゃ意見があって口にするのはタマケンの勝手だがな」覚本は麺をすすりつつ言った。「彼女は編集者の声には耳を貸さないって話だぞ」

覚本でもネームを編集者に見せないまま執筆に入ることなどしないのに、優は『おちゃのこ』を一番分かってるのは私だから」と、涼しい顔をして編集者の干渉をはねのけている。「フロンティア」で女帝並みの扱いを受けていたゆえんである。

「それは歴代の担当がだらしなかったってこともあるんですよ。前の担当の米山とか、こりゃなめられても仕方ないなってタイプですもん。もちろん、いきなりそういう話をしたところで相手にされないってことは分かってますよ。まずはじっくり見て、優さんの担当が板に付いてきたあたりで、徐々に口を出していこうって寸法ですよ。ああいう長寿漫画でも担当次第で生き返るってことを、僕は見せてやりたいんですよ」

覚本の感覚では「おちゃのこさいさい」は今もなお、一定の読者に広く愛され続けている漫画だという捉え方なので、玉石の言う「生き返る」という言葉は何となく首をひねりたいような気持ちだった。ただ、玉石の言い方からすると、要は前向きに仕事に取り組んでいくという意思表示の一つだとも思えるので、そのへんの細かいところは放っておくことにした。

ラーメンを食べ終えてマンションに戻ると、相馬がエレベーターの前に立っていた。金曜だが、来たければ来いと言ってあった。

「どうも、昨日は楽しかったですねえ」

相馬はそんなことを言いながら、覚本たちを迎えた。

「あ、じゃあ僕、ここで失礼します」

玉石はそう言うと、エレベーターに乗らず、きびすを返してエントランスから出ていった。

「あれ、玉石くん、今、僕を見て帰っていきました？」

「ん……気のせいだろ」

「何か今、玉石くんににらまれたような……」

相馬は怪訝そうに、玉石が去った入口のほうを見ている。

「何でにらまれるんだ？」

「さあ」相馬は首をかしげながらエレベーターに乗りこんだ。「でも、昨日の打ち上げのときも何かおかしかったんですよねえ。いや、僕は玉石くんと話がしたいなって思って、席を移動したんですけど、彼がトイレかどっかに行ってたもんだから、彼の席に座って飲んでたんですよ。そしたら彼、戻ってくるなり後ろから脳天チョップですよ。びっくりしましたよ」

「何だそれ……じゃれただけじゃないのか」

覚本が来る前のことか来たあとのことか分からないが、来たあとにしろ、昨日は早々と酔っ払ってしまったので、どういうシチュエーションでのことか見ていない。

「いやあ、じゃれたのかな……けっこう力入ってたし、目は笑ってませんでしたけどね。確かその前も、あの店に到着するなり、後ろから膝かっくんしてきたんですよ。全然意味分かりませんよ」

「じゃれたかったんだろ」覚本は適当に決めつけた。

「そうならいいんですけど」相馬は浮かない顔のまま、開いたエレベーターから出て立ち止まった。「でも、何となく敵意を感じなくもないんですよね。もしかしたら僕を妬んでるのかなぁって思うんですけど」

「何を妬むんだ？」覚本は眉をひそめて訊いた。

「僕の才能ですよ」相馬は当然のように言った。「ほら、玉石くんは言っちゃ何ですけど、ああいう見かけ倒しのとこがあるじゃないですか。片や僕は、何かにつけ才能の違いを見せちゃってるわけで」

「そうなのか……？」

「そうですよ。たぶん彼は、僕が売れっ子漫画家になるとこまで見えちゃってると思うんですよね」

聞いているほうが馬鹿馬鹿しくなり、覚本は部屋に入ろうとしたが、相馬が覚本の服を引っ張って止めた。

「いや、僕、心配なのは、彼にデビューを邪魔されないかなってことなんですよね。作品ができたら見せてくれなんて言ってますけど、彼に見せたら、つぶされる気がするんですよ。僕がどれだけ才能があっても、編集者が全力でつぶしにきたら、さすがに厳しいでしょ。どう思います？」

「知らん。タマケンが嫌なら、西崎さんに見せればいいだろ」

「西崎さんですかぁ」相馬は渋い顔をして、気が進まないような反応を見せた。「あの人も僕のこと妬んでないかなぁ。最初の飲み会のとき、機嫌悪かったですしねえ」

「君が失礼なこと言うからだろ」

「まあ、正直に言っただけなんですけどね。でも、雑草魂に火をつけちゃいましたよねえ。うーん、玉石くんに比べたら確かに優秀なんでしょうけど、やっぱり不安は残るなぁ」

「どうでもいいけど、その作品はもう描き上がるのか？」

覚本が訊くと、相馬は首を振った。

「いえ、まだ構想中ですけど」

「描いてから考えろ！」

覚本はそう言って、彼の脳天にチョップをたたきこんだ。


（下巻に続く）

〈著者紹介〉
雫井脩介　1968年愛知県生まれ。専修大学文学部卒業。2000年に第4回新潮ミステリー倶楽部賞受賞作『栄光一途』でデビュー。05年に『犯人に告ぐ』で第7回大藪春彦賞を受賞。著作に『ビター・ブラッド』『クローズド・ノート』『つばさものがたり』『銀色の絆』など多数。

GENTOSHA

途中の一歩　(上)
2012年8月30日　第1刷発行

著　者　雫井脩介
発行者　見城　徹

発行所　株式会社 幻冬舎
〒151-0051 東京都渋谷区千駄ヶ谷4-9-7

電話:03(5411)6211(編集)
03(5411)6222(営業)
振替:00120-8-767643
印刷・製本所:中央精版印刷株式会社

検印廃止

Printed in Japan
ISBN978-4-344-02235-5 C0093
幻冬舎ホームページアドレス　http://www.gentosha.co.jp/

この本に関するご意見・ご感想をメールでお寄せいただく場合は、comment@gentosha.co.jpまで。